JN286051

目次

イラストレーション／あじみね朔生《さくふ》

# 約束のキス

# 1

新緑の木々と街並みが朝焼けの薄いヴェールに包まれていく。

見慣れぬ光景に微《かす》かな胸の痛みと焦燥《しょうそう》を覚え、吉野貴弘《よしのたかひろ》はそれを覆い隠すように濡《ぬ》れた指先をタオルで拭《ぬぐ》う。

身支度を整えた吉野は、かつての恋人のしなやかな髪に触れた。

前髪が、少し伸びたようだ。あの鋭いまなざしを隠すように。

深い眠りに落ちているのか、彼はまだ目を覚まさない。以前と変わらぬ、ほっそりとした顎《あご》の鋭角なライン。一重のきりっとした瞳《ひとみ》は閉ざされ、安らかな寝息は彼が穏やかな眠りを味わっているであろうことを吉野に伝えてくれる。

愛《いと》しい人に、ほんのひとときの安息を与えられただろうか。

この唇《くちびる》でそれを確かめたくても、無理な話だ。

何よりも、夜が明ける前にここから立ち去りたかった。

どこか怠《だる》い身体《からだ》で運転をして帰るのは面倒だったが、この時間であれば、道も空《す》いている。車の運転にも差《さ》し支《つか》えないだろう。

……ああ、馬鹿《ばか》みたいだ。

道の混雑も運転も今はどうでもいいことだった。

眼前に横たわる恋人――いや、元恋人の前には。

目を覚ました彼と対峙《たいじ》する勇気がない自分が、情けなかった。三十にもなって、なんて情けなく女々しい男なのか。

だが、一時の激情とほんのわずかな愛を縁《よすが》に抱き合ったあとは、もはや後ろめたさしか残らなかった。自分が彼につけ込んだような、そんな苦い感情さえこみ上げてくる。

そっと立ち上がった吉野は、名残惜《なごりお》しさから後ろを振り返ろうとし、それをやめた。そんな未練《みれん》に満ちた行為をすれば、彼から離れられなくなるのは目に見えていた。

ほんの三か月前まで、自分たち二人は恋人同士だった。

それが佐々木《ささき》によって突然の別離を宣告されたのだ。

もちろん、吉野は抵抗した。別れたくなんて、なかった。

お互いの心から欠片《かけら》ほどの愛さえも失われたのなら、破局も免《まぬか》れえない。しかし、自分たちはまだ愛し合っていた。いや、現在形で愛情は残っているはずだ。

傷ついた彼にぬくもりを求められれば、それに応《こた》えようとしてしまう。――たとえ、どれほど彼を憎んでいたとしても。

結局吉野は、今でも、彼を愛している。その気持ちに嘘《うそ》も偽《いつわ》りもない。

けれども、愛しているから、愛情があるから、愛しすぎてしまったから。

だから、許せないのだ。

恋愛よりも別離を、愛情よりも仕事を選んだ恋人を。

愛よりも貴いものがあるのだろうか。

恋に勝るものが、この世にあるというのか。

甘やかされるのが怖《こわ》いから吉野と離れるなんて、そんな言い分は他人に優しくせずにはいられぬ吉野の人格を否定されたも同然だった。

「——帰るのか」

ふと、背後から浴びせられたひんやりとした声に、吉野は足を止めた。

「千冬《ちふゆ》……」

まだ眠そうな表情で身を起こした佐々木千冬は、吉野を真《ま》っ直《す》ぐに見つめている。

それでも思っていたよりもずっと、そのまなざしは弱かった。

「帰るのか」

もう一度、彼が訊《き》いた。凛《りん》として澄《す》んだ声だったが、震えているようだ。

「うん。仕事の書類を家に置いてきちゃったし、一度着替えたいから」

「そうか」

残念そうに、佐々木は一言だけ呟《つぶや》いて目を伏せた。

沈黙。

愚《おろ》かしいことだろうか。

こだわりやプライドが邪魔《じゃま》をする。目の前にいるのはかヽつてのヽ恋人だという線引きにこだわり、自分はそこを越えられない。

フレンチレストランで修業《しゅぎょう》を続ける佐々木は、開業のための資金を少ない給料からこつこつと貯めてきた。なのに株に手を出して、悪質な業者に貯金を、呆気《あっけ》なく騙《だま》し取《と》られてしまったのだという。彼がそんな真似《まね》をした理由については訊《き》けそうにないが、とにかく佐々木は傷ついているのだ。

それを知っていながらも、彼に素直《すなお》に手をさしのべられない自分がいた。

緊張のあまり喉《のど》がからからに渇いてきて、以前はこんな愁嘆場《しゅうたんば》など何度も見たはずなのにとおかしくなる。佐々木に出会ってからこのかた、吉野はこんな役回りばかりだ。

「じゃあ、またね。元気で」

「——」

一言、ここで行くなと言えばいいのだ。

佐々木にそれだけの甘さと優しさと、情愛があったのなら。

そうすれば吉野は、少しでも佐々木を許せるかもしれない。いつか、やり直そうと思えるかもしれないのに。

佐々木が、小さい声で呻《うめ》いた。それは音にはなったものの、意味をなさないただの振動でしかなかった。

もう一度、彼が何かを言おうとする。

そして、それができずに佐々木の瞳《ひとみ》が潤みかけたが、彼は唇《くちびる》をぎゅっと噛《か》み締《し》めることで耐えようとした。

「泣いてもいいのに。俺が昨日無理したから、辛《つら》かったんでしょう？」

わざと揶揄《やゆ》するように軽い口調で言ってのけると、ベッドに近寄り、彼の目尻《めじり》にくちづける。舌に雫《しずく》になりかけた液体があたり、それが塩辛かった。

「あんたが悪いんだ……」

「そうだね」

吉野は彼の言葉を受け止め、否定することはなかった。

彼を許すことなどできなくても、吉野にも己の罪くらいはわかっていた。

悪いのは、二人のうち一方だけではない。どちらも同じように悪く、そして同じように罪深いのだ。

佐々木の甘さや狡《ずる》さを突き放しきれない自分自身も。

「俺を怒らない、あんたが……悪いんだ……」

途切れ途切れの声で、彼はそう絞《しぼ》り出《だ》すように言った。そして、吉野の首に縋《すが》り付《つ》く。毛布が床に落ちて、佐々木のなめらかな肌《はだ》が露《あらわ》になった。

「怒ってるんだよ、これでも」

鈍感で世間知らずな佐々木には、通じていないかもしれないけれど。

吉野は床に落ちた毛布を改めて拾い上げると、佐々木の細い身体《からだ》をそれでくるむ。

前よりも少し、痩《や》せてしまっている。そのぶん彼は無理をしたんだな、と改めて思った。

どうしてなんだろう？

どうしてその手を離してしまうの。

ぬくもりを失《な》くそうと払いのけてしまうの？

「ごめん、千冬」

わかっている。わかっていた。

行かないで、と言えない佐々木の心を。

なのに、それでも許せない。どれほど求められても。

部屋を立ち去ろうとした吉野の背中に、佐々木がぼそぼそとか細い声で言葉を投げかけた気がした。

——ありがとう、と。

もう一度振り返ってその真偽を問いただしたかったが、そんなことはできそうにない。振り返ったら最後、駆け寄って抱き締めてしまいそうで。泥沼《どろぬま》に足を踏み入れる勇気はなく、吉野は二度と背後を顧《かえり》みずに扉を開けた。


眠れなかった。

吉野がいなくなったあとの部屋は、まるで灯火《ともしび》を失ったかのように暗くて、憂鬱《ゆううつ》だった。佐々木ははあっとため息をつく。

傍《かたわ》らに吉野がいるという、幸福。愛情を注ぎ、注がれるという至福。

佐々木が失ったのは、そんなものだった。愛《いと》しい腕だった。

それをまざまざと思い知らされたのだ。

「よしの、さん」

小さな声で彼の名前を呼び、佐々木はシーツを握り締める。一人で泣きたくないからと、ぎゅっと唇《くちびる》を嚙《か》んだ。

そして、結ばれていた唇が徐々に綻《ほころ》びるとともに、切なげな吐息が漏れる。

ぬくもりが欲しかった。ほんのひとときでいいから、あの人の体温が。

だけど、そのせいなのだろうか。

心に満ちるのは、痛みだ。

これでもう永遠に彼と離れてしまったのだ。もう二度と、傍《かたわ》らにはいられない。

昨夜《ゆうべ》の出来事だって、吉野はどうしようもなく傷ついた佐々木にささやかな優しさをくれただけにすぎない。

その優しさこそが佐々木を癒《いや》してはくれたのだが、それに勘違《かんちが》いしてはいけない。

許されたなんて思い上がる資格は、佐々木にはどこにもなかった。

馬鹿《ばか》なんだ、自分は。

吉野と別れたのは佐々木の我《わ》が儘《まま》だったが、彼への愛情を捨てられなかった。それどころか、いつか自分が『レピシエ』を再開させられるようになったら、吉野とやり直せるかもしれないなんて信じていた。

でも、それは昨日までの話だ。

自分は一晩の慰めが欲しくて、この先すべての未来を擲《なげう》ったのだ。

吉野とやり直せる可能性なんてなくてもいいから、彼の腕が欲しかった。抱き締められたかった。そのことを、後悔していない。後悔なんてするはずがない。

「――」

何もかも失うのが怖《こわ》くて、かつての佐々木は料理以外のすべてを捨て去ろうとした。恋に縋《すが》る弱い自分が嫌《いや》だった。失《な》くしたくない恋だったから、失う前に吉野を切り捨てた。

強くなりたかった。

一人でも生きていけるように。吉野がいなくても生きていけるように。

だけど、自分は弱い。

他人を犠牲《ぎせい》にし、傷つける強さしか知らないことは、弱さの証《あかし》でしかなかった。

強くなりたいと希《こいねが》うのは、自分が弱いことを知っているからだ。

「畜生《ちくしょう》……」

もう寝ていられそうにないと身を起こした佐々木はシャワーを浴びると、出勤するために着替えを始める。

それから、はたとその手を止めた。

もう、『エリタージュ』には行かなくていいのだ。シェフである島崎洋治《しまざきようじ》からの許しがない限りは、佐々木はあの店の厨房《ちゅうぼう》に立つことはできない。それこそが、後輩の康原《やすはら》に対する思いやりを欠片《かけら》も持たなかった佐々木に与えられた罰だった。

自分が仲間に信頼《しんらい》されていないのだ、と言われた……。

康原の味方になれなかったことを詰《なじ》られたのだ。

どうすれば、いいのだろう。どうすればあの店に戻ることを許されるのか。

そんなシンプルなことでさえも、わからなかった。

今の自分は、ぼろぼろだ。

味方になってくれる人は誰一人としていないし、唯一の幼《おさな》なじみである如月睦《きさらぎむつみ》にも今回の件ではひどく責められた。この人となら一緒《いっしょ》に店をやっていけると思った雨宮立巳《あめみやたつみ》は、仁科宏彦《にしなひろひこ》に横取りされてしまったままだ。

——食事にしよう。

腹が減っては戦《いくさ》ができぬというわけではないが、空腹のときに何かを考えたって、堂々巡りになるだけだ。

春物の薄手のシャツにパンツを合わせると、佐々木は狭いキッチンに立った。

朝食はスクランブルエッグにしよう。それから、簡単なサラダ。ここのところ食欲がない日が多かったのだが、今日は妙に空腹だった。

そして、その理由に思い当たってはっとした。頬《ほお》が熱く火照《ほて》ってくる。ぐちゃぐちゃになったままのベッドは、生々しいほどに昨夜《ゆうべ》の行為を残しているというのに、自分はそのことを考えないようにしていたのだ。

小さなボウルで卵をかき混ぜ、適当に牛乳を注ぐ。そこに少量の砂糖と塩を加えて、ふっくらと炒《いた》めればスクランブルエッグの出来上がりだ。サラダのほうはレタスとトマトだけにして、ドレッシングはオイルとビネガー、それに塩と胡椒《こしょう》を加えて自分で作った。

意図して頭の中を空っぽにしようとしている自分に、自嘲《じちょう》すら覚える。みっともない。おまえは無様《ぶざま》だ、と。

別れた恋人に縋《すが》るなんて、三流のドラマみたいじゃないか。そんなものを見る趣味《しゅみ》は佐々木にはなかったが、世の中にあるドラマや映画の陳腐《ちんぷ》な筋書きは知っている。情けなくて涙さえ滲《にじ》みそうだった。

吉野の無尽蔵《むじんぞう》の優しさに甘える自分自身が、憎らしくてたまらない。甘やかされるのが嫌《いや》だと言っていながら、佐々木は結局吉野の腕を求めてしまう。

一人では癒《いや》しきれない傷を負ったときに、他人の腕に縋ってしまうのだ。

どうして——。

理性では嫌というほどわかるのに、いざこうして吉野の体温を見失うと、佐々木は途端に弱くなってしまう。脆《もろ》くなった心を抱《かか》えて苦しむだけだ。

電話のベルが鳴る音が聞こえ、佐々木は受話器を取り上げる。もしもし、とかさついた声で呟《つぶや》くと、向こうから「元気？」と女性の溌剌《はつらつ》とした声が問いかけてきた。

咄嗟《とっさ》に、誰の声なのかわからなかった。もっとも、佐々木には女性の知り合いはそう多くはない。同じ職場の清水《しみず》はもっときついだろうし、妹の琴美《ことみ》の声くらいは覚えている。

「ええと」

口ごもる佐々木に、彼女は「やあね、私よ」と告げる。

「滝川《たきがわ》ですけど、思い出した？　このあいだ会ったばかりなのに、ひどくない？」

声の主は、フリーライターの滝川亮子《りょうこ》だった。佐々木に好意を持ってくれた数少ない女性だったけれど、結果的には友達でいることを選んだ相手だ。

「ああ」

「今、しゃべっても平気？」

「平気」

口数の少ない佐々木は、寝起きというのも手伝ってぼそぼそとしゃべった。

「よかった！　あのね、突然で悪いんだけど……じつは人を紹介してほしいの」

「紹介？」

ぽんぽんと矢継《やつ》ぎ早《ばや》に繰り出される言葉に、そうでなくとも無口な佐々木は狼狽《うろた》えずにはいられなかった。亮子は明るくてはきはきとした女性だが、佐々木にはそのテンポを捉《とら》えにくいのだ。

「そうなの。じつは、知り合いが、短期でお店を手伝ってくれる人を探しているの。誰かしら、何かつてがないかしら」

「急ぎなのか？」

「ええ。お店のスタッフが、捻挫《ねんざ》してしまったんですって。全治三週間だけど、そのあいだだけ手伝ってくれる人がほしいって」

「——知らない」

あれこれと知り合いの顔が頭を掠《かす》めたが、佐々木がそんなことを頼《たの》めるような相手はすぐには思いつかなかった。

「そう、残念だわ。お店は『キタヤマ亭』っていうアットホームなビストロなの。ちょっとレピシエに似てるかな」

無造作《むぞうさ》な言葉に、胸が抉《えぐ》られるような気がした。

レピシエ――失われた場所。佐々木の聖域。唯一の城であり、何があっても守り通したいと願ったビストロだった。

今はもう、レピシエはどこにもない。頑固《がんこ》で狭量《きょうりょう》な自分のせいで、あの店はなくなってしまった。再開するための資金も、康原が紹介したあの男に持ち逃げされたせいで、ほとんどゼロに近い状況だ。

「……そうか」

「よかったら、今度食べに行かない？　安くて美味《おい》しいの。きっと気に入ってもらえると思うわ」

「うん」

そういえば、佐々木が気に入って足繁《あししげ》く通っていたビストロ『セレブリテ』を紹介してくれたのも、亮子だった。彼女の舌は間違いがない。というよりも、佐々木の好みに似ているのかもしれない。

「あ、いっけない。もうお店に行く時間？　長電話しちゃって、ごめんなさい」

「大丈夫だ。どうせ、しばらく休みだから」

唇《くちびる》から、思わずそんな言葉が滑り落ちた。

こんなふうに自由に言葉が出ることなんて、めったにない。

「え……？　改装でもするの？」

「いや、謹慎《きんしん》してる。ちょっと事情があって」

「そうなの？」

しばらく、軽い沈黙が続いた。電話口で彼女が息を吸い込むのが聞こえた。

「よかったら、お店、佐々木くんが手伝ってくれない？」

意外な言葉を聞かされて、右手が緊張で汗《あせ》ばむ。佐々木は電話の受話器を持ち替え、濡《ぬ》れた手を太腿《ふともも》のあたりで拭《ふ》いた。

「俺が……？」

「そう。そのあいだ、私も知り合いに声をかけてみるから。どれくらいお休みなの？」

「決まってない」

「だったら、腕が鈍らないうちに修業《しゅぎょう》したほうがいいわ。ね？」

少し時間をほしい、と言いかけて佐々木は躊躇《ためら》った。迷う時間なんて、相手には残されていないのだ。だが、自分は今は仁科の会社に勤める身の上であり、エリタージュだって休みたくて休んでいるわけではない。しばらく頭を冷やしていろという、謹慎中の身の上なのだ。それでほかの店を手伝うなんて、許されるのだろうか。

「ほかの人には内緒《ないしょ》にしておくから。よかったら、一度キタヤマ亭で食べてみる？　そうしたら決められるでしょ」

一瞬の、躊躇《ちゅうちょ》。

そして半分は自棄《やけ》になって、佐々木は腹を決めた。

「いや。二、三日でよければ、手伝える」

「本当⁉」

途端に亮子の声が弾《はず》んだものになった。

少し手伝うだけならば、問題にならずにすむだろう。仁科にだって知られなくてすむはずだ。だいいち、キタヤマ亭なんて名前、聞いたことがない。有名な店だったら仁科が訪れる可能性もあるが、手伝いなら奥に引っ込んでいるはずだ。それに、仁科はメジャーな店が好きなのだ。そんな名もない店を訪れるとも思えなかった。

「うん、だったらそのあいだにほかの人を探してみるわ。さっそく今日にでもシェフに会わせたいんだけど……平気？」

「ああ」

佐々木はこっくりと頷《うなず》いた。どうせ電話では見えないのに、と思うと少しおかしくなる。どうやら彼女の言葉のおかげで、気持ちが少しだけ浮き立ってきたようだ。

料理をしたかった。

お客さんのために、美味《おい》しいものを作りたい。腕を振るいたいのだ。

「場所は……ええと、南青山《みなみあおやま》なの。大丈夫かな」

「──ああ」

亮子が場所を説明してくれたので、佐々木は片手でメモを取った。南青山という言葉にどきりとしたが、いくら吉野が美食家でも、狙《ねら》ったようにそんな店にまでは来ないだろう。

もう一度彼に会うのが、怖《こわ》い。

せっかく、めいっぱいの優しさをもらったから。

その思い出を綺麗《きれい》なままにしておきたかった。

もう二度と、あの日のように戻ることはできない。自分たちはやり直せない。

時を戻したくても、無理な話だ。

不思議《ふしぎ》だ。ほんの数時間前まで吉野はここにいたのに、今の自分はまったく別のことを考えている。吉野のことではなく、料理のことを。

結局自分は骨の髄《ずい》まで料理が好きなのだ。やめられないのだ。

自分の心と身体《からだ》を削《そ》ぎ落《お》として、最後まで残るもの。それは料理なのだと、佐々木は知っていた。そう信じたかった。

だからこうして、一人になった。一人の道を選んだのだ。

吉野を信じていなかったわけではない。ただ、残酷《ざんこく》で容赦《ようしゃ》ない現実の前に愛はあまりにも、脆《もろ》い。

手を摑《つか》めば、よかったのだろうか……。

離れないでくれと縋《すが》り付《つ》いてみれば、何かが変わったのか。

「じゃ、またあとで。元気出してね」

押しつけがましさなどみじんもない亮子の言葉に、佐々木の心は和んだ。

いつだって、自分だけが可哀相《かわいそう》な気がしていた。こんなふうに見せられる他人の優しさにも気づかず、不運な自分を呪《のろ》うばかりだった。本当はいつも、佐々木の周りには溢《あふ》れるほどの優しさが満ちていたのに。

自分は間違っていたのだと思う。他人の優しさや好意に満たされて生きているくせに、いざとなるとその優しさを拒んだ。

そのしっぺ返しを、今喰《く》らっているのだ。きっと。

## 2

南青山《みなみあおやま》は多少ならわかると亮子《りょうこ》に話しておいたので、店に直接行くことになっていた。最寄《もよ》りは表参道《おもてさんどう》の駅なのだという。

佐々木《ささき》がこの駅に来るのも、ずいぶんと久しぶりな気がした。だが、すぐに先日仁科《にしな》のオフィスに来るために降りたのだと、思い出す。

吉野《よしの》と住んでいた部屋までの道のりを、まだ身体《からだ》は生々しく覚えている。無意識のうちにその道筋を選ぼうとして、佐々木は慌《あわ》てて進路を変えた。その拍子《ひょうし》に若者にぶつかりそうになって、急いで立ち止まった。

「すいません」

なぜだか、心が痛んだ。疼《うず》くように。

何もかもが自分の思いどおりにならない。普通に暮らしていれば、幸せになれるのか。苦しまずに生きていけるのか。

そう悩むばかりで、佐々木は一歩も先に進めないのだ。

吉野と離れて一人になったが、佐々木は焦《あせ》るばかりだった。本来ならば仕事に集中しなくてはならないというのに、吉野を他人に渡すのが怖《こわ》くて、レピシエさえ再開させられれば吉野を取り戻せるのではないかと錯覚してしまった。

それが結局は、金を騙《だま》し取《と》られて無一文《むいちもん》に近い。レピシエの再開なんて夢のまた夢だ。

おまけに吉野は、こともあろうに自分の妹の琴美《ことみ》とつき合っているのだ。

小学校方面へと右折して路地を入っていくと、言われていたとおりに看板《かんばん》が見えてきた。佇《たたず》まいは静かで、大通りの喧噪《けんそう》が嘘《うそ》のようだ。

看板には『キタヤマ亭』と書かれていた。

——ここが……？

佐々木はふうっと息を吐いて、「準備中」と表示された扉を睨《にら》みつける。

店構えはいたって普通のカフェという感じで、ドアの隣《となり》には窓が二つ。お世辞《せじ》にも広いとは言えず、鰻《うなぎ》の寝床《ねどこ》のように縦長のフロアを連想した。

もう、亮子は来ているのか。ここで、中にいる人間を呼んでもいいものだろうか。そんなことをとりとめもなく考えていたとき、不意に扉が開いて佐々木のスニーカーに勢いよくぶつかった。

「あっ、佐々木くん！　早かったじゃない」

ぱっと顔を上げると、目の前には亮子の笑顔《えがお》があった。

「……ああ」

「ごめんごめん。ドア、開けてくれてよかったのに」

佐々木の気持ちがこんなに重苦しく沈鬱《ちんうつ》なものだというのに、亮子は快活だった。

「表か、裏かわからなかったから」

「そういえば、そうね」

彼女はおかしそうに声を立てて笑うと、佐々木を店内に招じ入れた。

清潔そうなタイル張りの店内は予想よりも広く、テーブルの配置はゆったりしている。厨房《ちゅうぼう》はオープンスペースとなっており、キッチンを取り巻くようにしてカウンターが据《す》えられていた。まるでオープングリルのようで、そのカウンターの内側を中年の男性がせかせかと歩き回っている最中だった。

せわしなくその中を行き来していた男性が、こちらを見て相好《そうごう》を崩した。

「どうぞ、こっちに」

「はーい」

見たところ五十過ぎだろうか。島崎《しまざき》よりも年上なのかもしれない。髪の毛にはすでに白いものが多く交じり、年齢を感じさせた。

「ええと、あなたが佐々木さん？」

「そうです」

オムライス

佐々木が首肯《しゅこう》するのを見て、北山《きたやま》は心底ほっとしたように息を吐き出す。そして、ゆっくりと口を開いた。

「今日は、来てもらえて助かった。店長の北山です。北山憲司《けんじ》」

男はにこにこと笑いながら、右手を差し出してくる。笑うと目尻《めじり》の皺《しわ》が深くなる。その人懐《ひとなつ》っこさとおっとりした口調に、佐々木は拍子《ひょうし》抜《ぬ》けした。

おそるおそる、彼の手を握る。思っていたよりもずっと太い指で、皮が厚い。力強くその手をぎゅっと握り、北山は不思議《ふしぎ》そうに佐々木の瞳《ひとみ》を覗《のぞ》き込《こ》んできた。

「どうしました？」

「いや、あの……」

佐々木は口ごもる。特に初対面の他人とのコミュニケーションは、佐々木がもっとも不得手とする科目だ。

「佐々木千冬《ちふゆ》です。よろしくお願いします」

それでもなんとかひねり出した自己紹介の台詞《せりふ》を聞き、彼は嬉《うれ》しそうに頷《うなず》いた。

続けてあまり長くは手伝えない、と言いたかったのだが、唇《くちびる》が動かない。佐々木が困って亮子に視線を投げると、彼女はそれをさりげなく外した。助けを求めたつもりだったのに、かわされた。そのことが佐々木に小さな驚きと動揺《どうよう》をもたらした。

「このとおり、小さな洋食屋で……がっかりなさるかとは思ったんですが」

「洋食屋……？」

その言葉に、佐々木の表情が怪訝《けげん》なものになる。自分は、ビストロと聞いてこの店にやってきたからだ。洋食屋を馬鹿《ばか》にするわけではないが、亮子と北山の説明の食い違いに不審《ふしん》を感じた。

「あら、コンセプトもお料理も、立派《りっぱ》なビストロじゃない」

亮子は口を挟んだ。

「ビストロっていうのは名ばかりで、今は、洋食屋のほうがしっくりくる感じですよ」

亮子の言葉に対し、彼はくすっと笑って首を振った。

「接客については、夜はうちの娘の塔子《とうこ》が手伝ってくれてます。今はちょっと買い物に出ているんですが、ただ、学生なんで昼間はあまり頼《たよ》れないんですよ。それで、困ってしまって。だから、昼のあいだだけでも手伝ってもらえると助かります」

「そうなんですか」

三人もいれば、この規模の店ならやりくりができる範囲だろう。まだレピシエがあったころ、佐々木はあの店を如月《きさらぎ》と二人でやっていたのだ。それは半年あまりという短い期間にすぎなかったが、佐々木には充分な貴重な体験だった。

「これから、今日の仕込みですか？」

「ええ。ランチの営業は仕方なく休みましたが、さすがに夕方は店を閉めるわけにはいかないので。こんな時期に鵜飼《うかい》が怪我《けが》をするから、まいりましたよ。……ああ、鵜飼っていうのはもう一人のスタッフなんですが」

鵜飼という青年は、上の棚に入れてあった瓶《びん》を取ろうとし、椅子《いす》からひっくり返って怪我をしたのだという。手首と足首を捻挫《ねんざ》して、絶対安静で全治三週間だとか。いいやつなんだけど、そそっかしいんですよ、と北山は笑った。

そう言った北山はてきぱきと備品の場所を説明し、皿や冷蔵庫の中身まで教えていく。

「仕込みの時間が惜しくて、人を探すのを私に任せてくれたってわけ」

北山の言葉を亮子が引き取った。

「昨日、知り合い全員に当たってしまったんですよ。それでも誰も見つからなくて」

「メニュー、どんな感じですか？　覚えないと」

話の流れを断ち切り、躊躇《ためら》いがちに佐々木は訊《き》いた。エリタージュではそれなりにちゃんとやってきたという自信はあるが、メニューが変われば料理法も違う。

「なぜかオムライスが一番人気です」

オムライス、と聞いて佐々木は内心で首を傾げた。やはり、最初の洋食屋という言葉が正しいのではないか。

「あ、それがすごく美味《おい》しいの！　デミグラスソースをたっぷり使ってあって。前もこのお店を紹介する記事でオムライスを載《の》せたのよ」

北山がまじめくさった表情で言ったのを、亮子が引《ひ》き継《つ》ぐ。

「いいですね」

佐々木が素直《すなお》にそう言うと、彼は意外そうに目を瞠《みは》った。佐々木には言下《げんか》に否定されるものとばかり思っていたのだろう。

「そう言っていただけると、嬉《うれ》しいです」

気がつけば、そんなメニューが原点だったのかもしれない。

幼《おさな》なじみでいつも自分の傍《かたわ》らを離れようとしなかった如月睦《きさらぎむつみ》は、佐々木の料理をいつも食べたがった。如月の母から料理を学んだ佐々木の作る品々は、彼の母の味がしたのだという。

だから、そういった基本的な料理を外すことはできないのだ。

「シェフは、このお店の前はどちらに……？」

「シェフってのはやめてくださいよ。ちょっと不似合いでしょう、ここには。前はRホテルのレストランで、料理長をしてたんですよ」

「え！」

Rホテルといえば、日本でも有数の一流ホテルだ。そのメインダイニングはジビエで有名なフレンチレストランで、そこの料理長といえば立派《りっぱ》なものだった。佐々木も一度だけ、奮発をして仲間と食べに行ったことがある。

「お、俺、一度だけ行ったことあります」

勢い込みすぎて、喉《のど》の変なところに声が引っかかった。

「ジビエ目当てですか？」

「はい。けど、俺……アスパラガスの前菜が好きで。特にあの、卵黄で作ったソースが」

思ったよりもすらすらと言葉が出てきて、内心でほっとした。

結局ジビエはどうしても好きになれなかったが、あのアスパラガス料理の美味《おい》しかったことと言ったら、忘れられそうにない。アスパラガスなどシンプルに茹《ゆ》でて塩をふって食べるのがいいと思っていたのに、シェフの料理は一つ一つが魅力的《みりょくてき》だった。

人数合わせにと佐々木を引っ張っていった専門学校の仲間たちと、三種類のソースを一つずつ試したものだ。

「それは珍しいですね」

北山はおかしそうに口元を綻《ほころ》ばせると、肩を竦《すく》めた。

「Rホテルはアスパラガスを春のメインにしてますが、ジビエよりあれを誉《ほ》めたのは佐々木さんが初めてだ」

「あ……すみません、でも」

「美味しいものは美味しい、そういう姿勢は悪いことじゃないですよ。記憶《きおく》に残ってるくらいなら、嬉《うれ》しいですから。じゃ、さっそく始めましょうか？」

持ってきた紙袋の中からエプロンを取り出し、佐々木はそれを身につける。久しぶりに厨房《ちゅうぼう》に立てるのだという感覚に、全身が火照《ほて》るように熱くなった。

「けど、あの……俺の腕とかって」

「とりあえず、そのときは下ごしらえだけでも手伝ってもらえれば、楽になります」

さらりとした答えに、佐々木は一抹《いちまつ》の狼狽《ろうばい》と苦いものを覚えた。下ごしらえだけでいいなんて、それは侮辱《ぶじょく》と同義になる。それでは、北山の助けにならないし、佐々木が来た意味はなかった。

なんとしてでも、この店を手伝えることを示さなくてはいけない。

佐々木は両手をぎゅうっと握る。

「ああ、そんなに気負《きお》わなくてもいいんですよ」

そう言って、北山は白い歯を見せて笑った。

そこで裏口のドアがばたんと開き、「ただいま！」と誰かが店に飛び込んでくる。

「塔子。ちょうどよかった。今日から手伝ってくれる佐々木さんだよ」

「あ、こんにちは。北山塔子です。よろしくお願いします」

塔子と呼ばれた女性がぺこりと頭を下げると、高い位置で結ばれたポニーテールが揺れる。大学生くらいなのか、はじけるような若さを感じて佐々木は戸惑《とまど》った。

「よろしく、お願いします」

彼女のほっそりとした首を飾るビーズのネックレスが、涼《すず》しげに光った。

頬杖《ほおづえ》をついていた吉野は、「えい」という言葉とともに肘《ひじ》のあたりを叩《たた》かれて、はっと顔を上げた。

「わっ」

おかげで危うく、ピンクの蛍光《けいこう》ペンでワイシャツに線を引くところだった。

「危ないじゃないか、緑《みどり》。どうかした？」

「どうかした、じゃありませんよ。ぼーっとしちゃって」

傍《かたわ》らに立って唇《くちびる》を尖《とが》らせているのは、このオフィスで事務を一手に担《にな》っている中峰《なかみね》緑だった。吉野の大学時代のサークルの後輩で、自分の性格をよく把握《はあく》している。

「そうぼんやりしてたら、いい男も台無しですよ。先輩、顔だけなんだから！」

「顔だけっていうのは、ひどいな」

吉野が苦笑すると、彼女は「だって」とわずかに首を竦《すく》めた。

「仕事も頑張《がんば》ってくれてますけど、でも、先輩の売りは基本的に顔でしょ」

「そう言われると立場がないよ」

大手の証券会社を飛び出し、こうして南青山にオフィスを構えてから数年が経《た》つ。今では総勢三人で小さな会社を営んでいるが、不況も手伝って状況は厳しくなる一方だった。

二重の目と形のよい鼻梁《びりょう》で構成された顔立ちは、人からは上品な美貌《びぼう》と評される。髪と瞳《ひとみ》はソフトなセピア色で、それが持って生まれた物腰のやわらかさと相まって、吉野という男の優美さを演出する一因なのかもしれない。

穏やかなまなざしで見つめられたせいなのか、緑はかあっと一瞬頰《ほお》を染める。

「だから、そうやって見ないでって言ってるでしょ。照れるから」

先輩は人一倍顔だけはいいんだから、反則なの、と彼女は付け加えた。

「緑の顔を見なかったら会話ができないじゃないか」

「会話なんて、顔見なくてもできるじゃないの！」

くだらない言葉の応酬《おうしゅう》は、レクリエーションのようなものだ。二人とも本気であろうはずもなく、こうしてじゃれ合っているうちにお互いの距離感を摑《つか》めてくる。

「そんなにぼんやりしてるなら、新しい恋人でもさっさと見つけたらどうですか？」

「……まあね」

生返事をして、吉野はパソコンのディスプレイに視線を落とした。

恋愛沙汰《れんあいざた》にうつつを抜かして仕事を疎《おろそ》かにしているようでは、社会人としての資格はない。まがりなりにも経営者なのだからこそ、吉野には社員の生活を守る義務がある。

息が止まるほどに愛《いと》しい人がいたとしても、本当に止めてしまうわけにはいかない。愛情で窒息《ちっそく》してしまえるほど、日々は生やさしいものではなかった。

「そんなやる気のない返事しているようじゃ、結婚も恋人もまだまだ先ね。本当に情けないなあ」

実際自分は情けない男だ、と吉野は内心で自嘲《じちょう》する。

生涯《しょうがい》に一度だけの恋なんて、馬鹿《ばか》げていて虚《むな》しいだけだ。愛情は虚飾《きょしょく》にも等しいが、なければ人は生きていけない。少なくとも吉野のような人種は。

だが、それを他人に求めきれない自分がいた。

こんなになっても、まだ佐々木を求めている。憎悪《ぞうお》と等量で存在する彼への愛《いと》しさを、情熱を、今でも捨てきれない。

なんという愚《おろ》かさだろう？

けれども、耐えきれずに彼を抱き締めたその瞬間に、思い知ってしまったのだ。

この先自分は佐々木しか愛せない。今でも彼を、誰よりも愛している。彼以外の人間を欲することなんて、できやしないのだと。

一時の軽い恋愛の真似《まね》ごとはできるかもしれないが、心より愛する人間は佐々木しかいない。彼だけなのだ。

しかし、己の中に蓄積《ちくせき》された眩暈《めまい》のような憎悪が邪魔《じゃま》をする。別離を選んだことへの怒りと悲しみは、二人を傷つけるだけだろう。

そのせいで、自分は言ってはならないことを口にしてしまったのだ。

——君を許せない、と。

「ま、いいですけど？」

そんな緑に向かって、吉野は無言のままで微《かす》かに笑った。

「なんなら合コンとかしません？　先輩だって今は彼女がいないなら、べつに気兼ねしなくていいでしょ？」

「合コン！」

それを聞いて、向かい側の机で黙って書類を作成していた原田《はらだ》が顔を上げた。

「はいはい、俺、行きたい！」

「原田くんには訊《き》いてないでしょ。美形限定なんだから」

「それって差別じゃないすか？」

佐々木は、どうしているのだろう。

島崎シェフの怒りを解いて、店に復帰することができただろうか。

佐々木がちゃんとやっているのか不安で、怖《こわ》くて、それでも彼に会えない。

いつかこの気持ちは風化してなくなり、ゼロになってくれるんだろうか？

そんなわけがないのだと、知っている。

だからこそ、たった一人に心を捧げたまま、このまま死んでしまいたい。

そうでなければ、あまりにもやりきれなかった。

午後の開店時間の午後五時ちょうどに、最初の客が訪れた。

「いらっしゃいませ」

北山が顔を上げると、中年男性はぼそっと「オムライス」と呟《つぶや》いてカウンターの一番端《はし》の座席におさまる。手に持っていた夕刊紙を開くと、北山の娘の塔子が差し出した水をごくごくと飲んだ。

「さて」

小さく気合いを入れると、北山は手際《てぎわ》よくぽんっと卵を割る。使う卵は三つ。コレステロールの高い人間には敬遠《けいえん》されそうだ。

店の北側の壁には『本日のおすすめ』と書かれた黒板がかけられており、そこには『海老《えび》のフリカッセ』と『若鶏《わかどり》の蒸し焼き』とだけが記されていた。料金はどちらも千五百円で、注意書きとして『スープ、パンorライス、コーヒー付き』と書かれている。

スープはあらかじめ北山が煮ておいたもの。サラダは佐々木も手伝って作り置きしておいたもので、バゲットはそのつど用意することになる。コーヒーは塔子に任せておいて間違いがないようだった。

男性が入ってきたのを皮切りに、ばらばらと客がやってくる。

若いカップル、買い物帰りらしい上品な老人。客層は一定でないようだ。

「いらっしゃいませ。初芝《はつしば》さん、今日は何になさいます？」

「そうだねえ……ちょっと胃がもたれてるんで、何か優しいものを頼《たの》むよ」

あまりにも漠然《ばくぜん》とした注文に、佐々木はちょっとむっとしてしまう。こんな注文をされたら、厨房《ちゅうぼう》では困るだけだ。しかし、北山はものともしないようだ。

「はい」

北山は嬉《うれ》しそうに笑うと、「野菜のスープでも作りましょうか」と答えた。

「野菜？　人参《にんじん》は入ってないだろ？」

どうやらこの老人は、子供のように人参を嫌っているらしい。

「入ってるけどうちのは人参も美味《おい》しいですよ。コンソメにいいの使ってますし」

店が狭い理由も頷《うなず》けた。こんなやり方をしていたら、混むに決まっている。

だいたい、こんなのは反則だ。

客とシェフとが一対一で話し合い、そのうえで料理を供している。そんな方法論で、ある程度の回転率がなければいけないビストロというシステムが、上手《うま》くいくはずがない。

「佐々木さん。スープとサラダ、やってくれる？　あ、あの窓際のオムライスのお客さん。彼、林《はやし》さんっていうんだけどあの人のサラダにはドレッシングかけなくていいから」

「はい」

驚いたことに、北山は常連客の好みを把握《はあく》しているらしい。作り置きのサラダにはドレッシングをかけないことにして、佐々木はスープの準備を始めた。それから、はっと気づいて北山の手元にオムライス用の白いプレートを出す。

「ありがとう」

北山はにこっと笑った。

「おじさん、オムライスちょうだい」

続いて飛び込んできたのは、女子高校生だった。

「いらっしゃい、美奈《みな》ちゃん。早いね、部活帰り？」

「あったり！　今日ね、学校でここのオムライスの話題になったら、すっごく食べたくなっちゃってさ」

美奈と呼ばれた少女はひどく快活で、少年のように短い髪の毛が人目をひく。そのくせ表情の一つ一つは妙に少女らしくキュートだった。

「かしこまりました」

こんなにも、客とスタッフの距離が近い店には出合ったことがない。

ぼんやりとしているところに、北山が顔を上げて「皿」と指示をする。

「あ、はいっ」

作業をしていた佐々木はそれを中断し、慌《あわ》てて肉料理のための皿を温め始めた。

オープンキッチンの中で働くのは北山と佐々木の二人だけなのだから、常に北山の動きを読んで、先回りしなくてはいけない。それが厨房《ちゅうぼう》を乱さないための方法論だ。

「ねえ、その人、新入り？」

「いや、お手伝い。鵜飼が怪我《けが》しちゃって」

「やだ、鵜飼さん、だらしないじゃん」

フロアをちらりと覗《のぞ》き見《み》ると、先ほどの中年男性が満足そうな顔でオムライスを平らげるところだった。

「ここのオムライス、すっごく美味《おい》しいんだよ。お兄さん、食べたことある？」

「……俺？」

突然話を振られて、佐々木はきょとんとした顔で彼女を見つめた。

「うん。卵三つも使ってあって、それが半熟なの。食べると口の中でとろって溶けるのが超絶妙なんだよ。ゼツミョウって漢字で書ける？」

邪気《じゃき》のない笑顔《えがお》に、佐々木はひどい動揺《どうよう》を覚えた。ふと店内を見回すと、どの客も嬉《うれ》しそうに、そして楽しそうに料理を味わっている。

「ダメじゃん、作ってもらわなきゃ。あれ食べてないなんて一生の半分は損してるよ」

オムライス一つで一生の半分を損しているなんて、そんな大袈裟《おおげさ》な。

だいたい十六、七の小娘にそんなことを言われてしまうとは、佐々木としても複雑な気分だった。その佐々木の表情に気づき、北山は口を開いた。

「そうだな、あとでご馳走《ちそう》するよ」

この店は、きっと北山が思い描《えが》いた理想の食卓を実現しているのだ。

堅苦しい、肩肘《かたひじ》張ったものなんて存在しない。

料理を供する人間と食する人間が、対等にこのフロアに立っているのだ。

——こんな店は、知らない……。

そこにあるのは、日常の確かな延長だった。

ここにはちゃんと、北山の料理を求めて食べに来る人間がいる。

これまでの三か月、佐々木の食卓はいつも空席だった。誰もいないテーブルに向かって佐々木は一人で料理を続けていたようなものだ。

佐々木の愛情も、言葉も、欲望も、すべてがただ虚《うつ》ろに溜《た》められていくだけだった。

吉野がいないから。

吉野を遠ざけたことで、佐々木はこんなにも虚《むな》しい日々を送っていたのだ。

「夜食にしましょうか。お腹《なか》、空《す》いたでしょう」

片づけを終えた北山は、タオルで手を拭《ふ》きながらそう提案してきた。

「塔子はテーブル作って。――佐々木さん、少しこっちを手伝ってもらえますか」

「あ、はい」

エプロンをしたままだった佐々木は、言われるままに厨房《ちゅうぼう》に立つ。簡単なサラダを作るように頼《たの》まれて、それを二つ返事で承諾《しょうだく》した。

色とりどりのピーマンを三つもらうと、それを刻み始める。確かミニトマトもあったはず。それから、レタス。みじん切りにしたピーマンをオリーブオイルと塩胡椒《しおこしょう》、レモン汁で和《あ》える。隠し味はにんにくだった。

レタスで器を作るようにして、それを皿に盛りつける。ちょうどサラダの用意を終えたところで、北山がオムライスを作り終えた。

フロアの片隅《かたすみ》には穏やかで優しい空間が生まれ、佐々木はその光景に自分の気持ちが和《なご》むのを感じていた。

「飲み物、ワインでいいですか？」

北山に尋《たず》ねられて、調理台の傍《かたわ》らで布巾《ふきん》を手にしたまま立ち尽くしていた佐々木は、はっと顔を上げた。

「あ……俺、水で」

「水でいいの？」

塔子はそう尋《たず》ねながら、冷蔵庫からミネラルウォーターのペットボトルを取り出し、グラスに注《そそ》いだ。どうやら、北山はワイン派らしい。

「じゃ、食べよ。太っちゃうけど」

塔子は「いただきます」と挨拶《あいさつ》をすると、フォークを使ってサラダを食べ始めた。

「さ、どうぞ」

「いただきます」

佐々木は店長のお薦《すす》めだというオムライスにスプーンを入れてみる。

割った場所からとろっとした半熟卵が滴《したた》り落《お》ちてきた。まずはデミグラスソースなしでオムライスを味わう。ふるっとした卵が舌の上でとろけ、半熟の部分がじわっと崩れてくる。バターライスとの相性が、まさに絶妙だった。

「――美味《おい》しい」

「でしょう。うちの自慢《じまん》料理ですよ」

佐々木の作ったサラダも悪くはなかったが、ピーマンとトマトだけではどうも味にまとまりがない。しかも、こんなに美味しいオムライスを食べたあとでは、どうも印象がぼやけてしまう。これならばもっとあっさりとしたサラダでもよかったかもしれない。

「もうひと味欲しい感じですね。季節の野菜を、一品取り入れてみるとか」

「そうですね」

しゅんと肩を落とした佐々木を見て、北山は「すみません」と呟《つぶや》いた。

「どうも私は、一言多いみたいだ」

「いえ、そんなことないです。俺が……未熟な、だけだから」

仕事でも私生活でも、佐々木はあまりに未熟で幼《おさな》かった。今ならばそんな己を恥じ、反省する程度の機能は備えている。

どこまでも、自分は未熟な子供だった。

料理でも、私生活でも。

稚拙《ちせつ》なままごとのような愛に縋《すが》ろうとし、失敗し、そして再び壊れてしまった愛の欠片《かけら》を拾い集めようとしている。

この手で粉々にしてしまったくちづけの欠片をもう一度取り戻そうと足掻《あが》いている。

「……お疲れさまです。大変だったでしょう」

向かい合って座った北山が、ワイングラスを片手に目を細めて笑った。

「初めてなんで」

エリタージュだって忙しいが、この店の忙しさに比べればマシだ。たいていのことはコミや後輩の康原《やすはら》がしてくれていたのだと、今さらのように思い知らされた。

憂鬱《ゆううつ》な気分が押し寄せてくる。

その康原を、店にいられないほどに追い込んだ一因は佐々木にもあるのだ。

自分は料理人として失格という烙印《らくいん》を押され、今は謹慎中《きんしんちゅう》の身分だ。島崎は具体的にどれくらい休めとは言わなかったし、佐々木自身もいつまでエリタージュに顔を出せずにいるのか、わからないままだった。

「手伝っていただいて、助かりました。今後ともよろしくお願いします」

「こちらこそ」

どうやら佐々木は、この店の手伝いとしては悪くなかったらしい。その事実にほっとし、そして同時に後ろめたさすら感じていた。

「島崎とは、パリで一緒《いっしょ》だったんですすよ」

「え?」

「聞いてないのも当然かな。私も昔、パリに留学してたんです」

淡々とした北山の口ぶりに、佐々木はぽかんと口を開けたままその話に聞き入った。

傍《かたわ》らに座《すわ》った塔子は、黙々とサラダを平らげている。カロリーを気にしているのか、夜食はいつもサラダだけなのだという。しかも、ドレッシングは必要ないとか。

「知りませんでした」

それに、島崎はまだ四十代半ばで、北山とは目に見えて年の頃が違う。

「一緒だったと言っても、厨房《ちゅうぼう》じゃなくて、語学学校で」

北山はふっと相好《そうごう》を崩した。

「今じゃぺらぺらですけど、島崎はああ見えて語学がダメなんですよ。それで、日本人向けの語学学校に通っていたんです。こっちはあまりしゃべるのが得意じゃないけど、島崎はあのとおりの社交的な性格だったから、私にも声をかけてきて」

過ぎ去った日々を懐《なつ》かしむように、北山の話は続いた。

当たり前のことだが、今ではこうして自分の城を持つシェフたちにも、若い時代があったのだ。それこそ佐々木のように、夢にも希望にも燃えている時期というものが。

「このとおり、今では境遇も何もかも違いますが――」

北山はそう言って、微《かす》かに笑った。そこには卑下《ひげ》も自嘲《じちょう》もなく、ただ、己は島崎のように常にスターであることを求められるシェフとは一線を画しているのだ、とでも言いたげな様子であった。

「それに私が修業《しゅぎょう》したのは、名もないビストロやレストランばっかりでしたから」

パリの三つ星レストランで修業をした島崎と、場末のビストロを転々とした北山とでは、あらゆる境遇が違っても仕方がないだろう。

「けど、この店、すごく居心地いいです」

好き、という直接的な表現は佐々木にはできないので、代わりになるもので精一杯《せいいっぱい》の賛辞の言葉を贈ろうと試みる。

壁は白を基調としているが、テーブルクロスは淡いグリーンに統一されている。穏やかで温かみを感じさせるところが、料理に時折先鋭的なものが見えるというミスマッチな印象と相まって面白《おもしろ》かった。

「島崎はずっと一線で活躍していたから、そういう店のやり方しかできないんですよ。きっと、これから先もそうでしょう」

「――ええ」

「だけど、光に当たらない料理人がいたっていいんです。陰のところで、地味に美味《おい》しい料理を作っていられればそれでいい。私なんかは、そっちのほうが性に合ってますよ」

ホテル時代の北山は、厨房《ちゅうぼう》から出ることはめったになかったのだという。ただお客さんに美味しい料理を作ることだけが目標だったと。

北山ははにかんだように笑った。

「佐々木さんにいつまで来てもらえるかは、島崎次第になるみたいですけど……」

「あ、そのことは……シェフに言わないでもらえませんか」

島崎にばれたら、仁科にもこのことが知れてしまう。もしかしたら、今度こそエリタージュをクビになってしまうかもしれない。

「わかってます。事情が何かあるんでしょう。こっちだって、なるべく長くいてほしいですよ。――ああ、でもそう言うと失礼なのか」

口ごもった北山の素朴《そぼく》さに、佐々木は思わずおかしくなった。

オムライスの穏やかな味わいのせいもあってか、気持ちが和《なご》む。

「それに今は、あまり彼とつき合いがないんです」

「……どうも」

軽く頭を下げる仕草をして、佐々木はオムライスをフォークでつついた。

懐《なつ》かしい味がする。

ずっと昔、大切な人に作ってあげた味。

自分が失った、過去の味だった。

# 3

そろそろランチの時間だ。

吉野《よしの》は腕時計を確認し、それから首をぐるっと回す。ずっとディスプレイに向かっていたせいで、ちょっと首が疲れてしまったようだ。

今日は、どうしようか。近所のコンビニで何かしら仕入れてきてもいいし、どこかの店にふらりと入るのもかまわない。

緑《みどり》は風邪《かぜ》がぶり返したと言って今日は休みで、原田《はらだ》は外回りで出かけてしまっている。

昔はこんな日は、迷わずにレピシエに足を運んだものだ。佐々木の作る料理を、いつも自分は心待ちにしていた。

未練《みれん》がましい……だろうか。

だけど、目を閉じると、思い出すのはいつも佐々木《ささき》の顔だけだ。

そこで突然電話のベルが鳴ったので、吉野はひょいと受話器を取り上げた。

「はい、吉野証券事務所ですが」

「――大滝《おおたき》です。吉野さんはいらっしゃいますか？」

中年の男の張りのある声に、吉野はうんざりとした。

料理研究家を名乗る彼が吉野につきまといはじめて、半年以上が経過する。個人的なつき合いはほとんどないというのに、いったい彼は吉野の何を気に入ったというのか。

それを緑に言うと、彼女はずばり「顔よ」と返してきたのであるが、とにもかくにも、大滝は吉野の美貌《びぼう》に並々ならぬ関心を抱いているらしい。吉野としては、それに困っているというわけだ。

今さらながら、自分の顔立ちが人の美的感覚をくすぐるものだという事実を、吉野は否定するつもりはなかった。佐々木が愛《め》でてくれるのであれば、美しい顔に生まれてきたことにも意味がある――いや、あったというものだ。

「私ですが。先日はお花をありがとうございました」

佐々木と別れた後遺症という、至極《しごく》情けない理由から吉野が栄養失調で倒れたとき、たまたま近くに大滝がいた。彼は見舞いに花を届けてくれただけではあったが、それで吉野としては、いらない借りを作ってしまったわけだ。

「もう回復なさったんですか。いろいろ心配していたんですよ」

大滝の、妙に抑揚《よくよう》のあるわざとらしい台詞《せりふ》回しがいちいち癪《しゃく》に障《さわ》る。

「おかげさまで」

こちらは快気祝いだってとっくに送ったのに、何をまあいけしゃあしゃあと。

「ところで、いい薬膳《やくぜん》料理の店があるんです。よろしかったら、今後の体質改善のためにもいかがですか」

「――」

体質改善の必要は、特にない。しかし、ここで大滝の言葉を無下《むげ》に断れるほど、吉野は冷淡な人間ではなかった。それに、もし仮に佐々木がレピシエを再開できるのであれば、そのときのためにも、大滝のような大物を敵に回すのは得策ではない。

そんな打算も働いて、大滝のアプローチに決定的な打撃を与えきれずにいた。

佐々木に対してできることなど、もう何も残されていないというのに、それでも自分は未練《みれん》がましく縋《すが》ってしまう。

ほんのわずかな、ささやかな可能性に。

「……そうですね。大滝先生でしたら、きっとあちこちの名店をご存じでしょうし。お礼も申し上げたかったので」

微《かす》かなため息を漏らしたあと、吉野は仕方なくそう言った。

「光栄です。では、いつごろがいいですか？　私の仕事はわりと融通《ゆうずう》が利《き》きますので、吉野さんのご都合に合わせますよ」

吉野は手帳のページを繰って、空《あ》いている日付を探す。できれば昼食がよかったが、ランチにまとまって時間がとれる日は来月になるまでなさそうだった。

「では、おってご連絡を差しあげます。予約制なので、あちらにも都合を聞いてみなくてはいけませんが……楽しみにしております」

「わかりました。よろしくお願いいたします」

あからさまに弾《はず》んだ声を出されて、吉野はますます辟易《へきえき》とした。

こんなときに会いたい人は、吉野にとっては一人しかいない。

どんなに許せなくても、憎くても、それでも最後の最後に吉野を癒《いや》してくれる人。

突然、憂鬱《ゆううつ》な気持ちが押し寄せてきて吉野は自嘲《じちょう》に口元を歪《ゆが》めた。本来ならば、自分にはこんな笑《え》みは似合わないのだと知っている。

だが、笑わずにはいられなかった。

愛がなければ、人はきっと生きてはいけないだろう。

人というものは斯様《かよう》に弱い。愛を求めずにはいられない自分の弱さを人の特質のように定義するのは卑怯《ひきょう》かもしれないが、吉野にはそれしか残されていなかった。

そうすること以外に楽に生きることはできない。呼吸さえできない。

——いつか佐々木を迎えに行ける日が来るのだろうか……。

きっとまだ、彼も待っているはずだ。

一時の気持ちに流されて別れてしまったことを、悔やんでいるに決まっている。

しかし、一度ピリオドを打った恋人同士に、どんな未来があるというのだろう。

彼との恋の復活を願う気持ちとは裏腹に、簡単に甘やかな日々を取り戻せるという幻想をこの胸に抱けるほど、吉野はあさはかではなかった。

誰よりも恋人を愛しているはずの吉野の心にだって、まだわだかまりは残っている。自分を捨て去った佐々木に対する負の感情は、未《いま》だに消えることがない。

ならば今、自分は何に期待して佐々木のことを思うのだろう。

とっくに凍りついたはずの心は、いつも佐々木を求めて動きだす。

相反する二つの感情に、今の自分は引き裂かれそうだ。

自嘲《じちょう》した吉野は、緑が整理しておいてくれた郵便物に視線を落とす。そのうちの一通の名前に覚えがあり、引き出しを開けてペーパーナイフを取り出した。

大学時代の友人である牧田《まきた》は、内部進学組のおっとりした男だった。彼の会社が新しく取り組んだビストロのチェーン店を始めるにあたり、メニューの試食を頼《たの》まれたのは去年の夏のことだ。

そのときから何くれとなく連絡を取るようになっていたのだが、今日は改めて封書をよこすとはどういう風の吹き回しなのだろう。

「あ」

封筒の中身は試写会の招待券二枚だった。

試写会の日付は再来週になっている。パリのビストロが舞台で、女性シェフとギャルソンをめぐるラブストーリーということで、その予告は吉野もテレビで見たことがあった。確か、雑誌にも取り上げられていたはずだが。

吉野自身も興味があった映画だったので、これは何かの気分転換になるかもしれない。そうと決まれば、誰か予定が空《あ》いている人間がいないか訊《き》いてみるに限る。せっかくの試写会を一人で観《み》に行くなんて、馬鹿《ばか》げている。

頭の中を数人の女性の面影《おもかげ》がよぎり、吉野は大滝との約束を無理やりに頭の片隅《かたすみ》に押しやり、気持ちを浮き立たせようと試みた。

いつもと違うデートも、気分転換にはいいだろう。

誘う相手が佐々木ではない。――ただ、それだけのことだ。

要するに自分は、佐々木に出会う前に戻ったのだ。

けれども、ビデオテープを巻き戻すように心までは簡単に戻れない。会わなかったことにも、愛さなかったことにもできない。

それほどに恋に溺《おぼ》れる人の心は不自由だ。

「んー……」

そこで小さく吉野は伸びをし、ランチを食べるために出かけることに決めた。

相変わらず食欲はなかったが、いつまでもそんなことを言っているわけにはいかない。

たとえば、誰かが作ったドレッシングの味に慣れる。コーヒーの濃度に慣れる。生活を共にした愛する人を失うというのは、そのようなささやかな差異を自らの手で埋めていくというニュートラルな作業の繰り返しだった。

「佐々木さんってぇ、カノジョいるんですかぁ？」

そんなに面倒ならば話さなければいいのに、と思うほどの気怠《けだる》げで間延びした少女の声が、キタヤマ亭の狭い店内に響く。

「やあねえ、美奈《みな》ちゃん。それじゃストレートすぎよ」

いかにも育ちのよさそうな母親が、娘を窘《たしな》める。

そうじゃなくても海老《えび》をフランベするために火を使っていたせいで暑かったのだが、こういう質問はなおのこと佐々木を狼狽《ろうばい》させる。耳まで赤くなるのを感じて、佐々木は沈黙したまま俯《うつむ》いた。

以前、佐々木に「ここのオムライスは超絶妙」と力説した女子高校生の美奈は、やはりこの店の常連だった。遅い夕飯をとりに来た母娘は仲がよいらしく、この店に来るたびに佐々木に困ってしまうような質問をぶつけてくる。カウンターの中と外で会話ができるのはこの店のいいところなのだが、こういうときは困りものだ。

「料理ばっかりやってると、出会いとかなくない？　料理人の合コンとかあるのぉ？」

「……さあ」

佐々木はそう答えると、作り上げた海老《えび》のフリカッセをカウンターに置いた。

同じフリカッセであっても、エリタージュであればもっと手間暇をかけて豪華《ごうか》な硝子細《ガラスざい》工《く》のようなものを作るだろう。しかし、このビストロでは気取りがない。必要最低限の手間と見た目を最優先するため、精緻《せいち》な美術品のような華《はな》やかさはなかったが、味は最高のものだと自負している。

「うわ、超美味《おい》しそー！　いっただきまーすっ」

彼女はきゃあっとはしゃいだ声をあげると、フォークを摑《つか》んで料理を食べ始める。

「おいしーい」

賞賛の台詞《せりふ》は、きっと本心からのものだろう。佐々木はその言葉に自負と安堵《あんど》を覚え、次の料理に取りかかる。

「なんかねえ、上手《うま》く言えないけど、海老の味って感じがする。新鮮ってこと？」

「そうだ」

話しかけられたことにぶっきらぼうに答えて、佐々木はこくっと頷《うなず》いた。次の客にはオムライス。こちらはもともと佐々木の得意料理だったが、北山《きたやま》の教えを得てさらに磨《みが》きがかかっている。

「佐々木さん、もうだいぶ慣れたじゃない？　このままうちの店に居着いちゃったら？」

フロアを行き来する塔子《とうこ》の言葉に、佐々木は何も答えられなくて黙ってしまう。

この店は好きだったが、無邪気《むじゃき》にずっと働きたいなんて言うことはできなかった。

「あれ、また黙っちゃったの？　ホントに無口よね」

塔子はごめーんと小さく呟《つぶや》いて、佐々木の肩を親しげに軽く叩《たた》いた。

「まあ、料理は手でするものであって口でするものじゃないですしね」

北山が助け船を入れてくれるので、それで佐々木は内心でほっと息をついた。

もっとも、この店にいることにだいぶ慣れたのは事実だ。

レピシエ以外で、自分がこれほどの安らぎを得ることができるとは思わなかった。島崎《しまざき》と北山の性格の違いによるものもあるのだろうが、こうしたラフなスタイルの職場が、四角四面の自分にしっくりくるとは思わなかったのだ。

他人に料理をしているところを見られるのはどうかとも思ったものの、慣れれば大した問題ではなかった。没頭《ぼっとう》すれば、そんなことはすぐに忘れてしまう。

何よりも、北山にあれこれとテクニックを教えてもらえることが、佐々木にはとても嬉《うれ》しかった。味つけ一つを取ってみても、北山には経験に裏打ちされた様々なアイディアがある。それを惜しげなく佐々木に与えてくれることが、初めは信じられなかった。

ドアがぱたんと開き、「こんばんは」という明るい声とともに、亮子《りょうこ》が顔を覗《のぞ》かせた。

「仕事終わったばっかりなの。何か食べさせてもらっていい？」

「いらっしゃい、滝川《たきがわ》さん。じゃ、佐々木くんに何か頼《たの》んで」

カウンターに腰かけた亮子は、にこっと笑って佐々木の顔を見つめた。

「何が、いいですか」

「ええっとねえ、せっかくだからビストロっぽいものがいいな」

そういう漠然《ばくぜん》とした注文が、一番難しい。だがそれを口にするのはなんとなく癪《しゃく》に障《さわ》るので、佐々木は無言で頷《うなず》いた。

「だったら、これ美味《おい》しいよ。フリカッセだって」

亮子の隣《となり》に座《すわ》っていた美奈が、自分の食べかけの皿を指さす。

「あ、それ美味しそう。じゃ、フリカッセね」

佐々木はかしこまりました、と口の中で呟《つぶや》いてもう一度頷いた。

「ねえねえ、この人は佐々木さんのカノジョ？」

「だから、そういうのはいない！」

佐々木が真っ赤になってそう反論すると、亮子も美奈も、あろうことか塔子までもが「おもしろーい」と言ってけらけらと声をあげて笑った。

「……くそ」

ぶつぶつと佐々木が毒《どく》づくのを見て、亮子は嬉《うれ》しそうな反応を示す。

「何か？」

「ううん、佐々木くんもこのお店にすっごく馴染《なじ》んでるなあって。いっそのこと永久就職しちゃったら？」

「それじゃ結婚ですよ、滝川さん」

亮子に北山がそう指摘するのを聞いて、佐々木は俯《うつむ》く。

悔しいことに亮子の意見はもっともで、自分はこの店にずっと以前から勤めていたかのような錯覚さえ覚えていた。

エリタージュの厨房《ちゆうぼう》とは漂っている空気が違う。だからこうしてここにいるのも馴染《なじ》みやすいのだと、そう考えることで佐々木は自分を納得させようとしていた。そのことも手伝って、二、三日のつもりがもっと長くこの店にいることになりそうだ。

どうすればシェフの島崎の怒りを解けるのか、佐々木はその糸口さえも見つけていなかった。


留守番電話のランプが点滅している。

吉野は指を伸ばして、それをオンにした。

二件のメッセージが録音されています、という機械音。

そのあとに続く声を期待している己の愚《おろ》かさなんて、百も承知だった。

「千冬《ちふゆ》」

期せずして、その名を口に出してしまって吉野は狼狽《ろうばい》した。

愛《いと》しい、人。

誰よりもあなたを愛しているのだと。

伝えたところでそれはすべて幻だ。しょせんは愛になどなりえない幻想だった。

愛だけで縛《しば》って、愛だけで生きて、それだけでいいのに。

どうして人はもっと多くを求めてしまうのだろう。愛情だけに縋《すが》って生きていけないのだろう。

伸ばした腕はいつも、佐々木のためにあった。この唇《くちびる》は彼の心を慰撫《いぶ》するためにだけあればよかったのだ。

「貴弘《たかひろ》、元気にしてる？　由美子《ゆみこ》ですけど」

姉の立川《たちかわ》由美子の声が再生されて、吉野はぴくりと動きを止めた。

彼女がこうして電話をしてくることは、無茶な頼《たの》みがあるとき以外は、めったにないからだ。少なくとも吉野の健康や機嫌を気遣《きづか》うなんて事態はなかった。

「父さんの具合があまりよくないの。一度こっちにお見舞いに来てくれないかしら？　私が顔を見せても、貴弘はどうしたって何度も訊《き》かれるのよ」

横浜で病院を経営している父親の顔が、脳裏《のうり》をよぎった。

「だいぶ弱気になってるみたいなの。お願いだから、夜でもいいから一度見に来て」

年老いた父のことを思うと、胸がきりきりと痛む。

吉野がこうして佐々木に捨てられたことで悲嘆《ひたん》にくれているあいだに、父親の病は着々と進行していたのだ。

もう、長くはないのかもしれない。

不意に足下が揺らぐような頼《たよ》りなさを味わい、吉野は唇《くちびる》を嚙《か》み締《し》めた。

父親が、母親が、とにかく自分の愛する人がいなくなるなんていう可能性を、吉野は考えたことがなかった。

別離はいつも一時的なもので、永遠の別れなんて噓《うそ》だと思っていた。

そう信じたかったのかもしれない。

だけど、本当は違う。

いつか誰もがいなくなってしまう——吉野の前から。

それがすべての理《ことわり》であり、吉野はこの手から愛する人のぬくもりを永久に奪われてしまったのだ。

まりえと別れたときだって、こんな痛みに襲われたことはない。自分が繰り返してきたものが恋愛であって恋愛でないものなのだと、やっとわかった。

——だとしたら、今の自分は何をしているのだろう。

佐々木に捨てられたことを嘆《なげ》くばかりだったが、日々は着実に流れている。このままでは吉野は取り残されてしまうのではないか。

現実はあまりにも非情だ。しかしそれにばかり囚《とら》われているいとまなど、どこにもありはしないのだ。

時は動き、人の心は移ろい、そしてまた吉野も歩き出さなくてはいけない。

たとえば、時間が限られているというのなら、せめて父親を安心させなくてはいけない。それが息子としての吉野の務めだった。

元来己がウェットな人間だという自覚はあった。

ゆえに、こうして不測の事態に直面すると、どうすればいいのかわからなくなる。

とりあえずスケジュールを調整して、二、三日中には父に会いに行こう。

気休めにしかならないかもしれないが、せめて自分の元気な顔を見せたかった。

元気、だって？　元気なものか。

その言葉に吉野は軽く自嘲《じちょう》のために微笑《ほほえ》む。

この状態のどこが元気だって言うんだ。こんな馬鹿《ばか》げた、くだらない状態の、どこが。

忘れてしまえ、全部ゼロになってしまえ。

そうは思うのに、佐々木を許すこともできなければ、忘れ去ることもできなかった。

吉野の心をよそに、次のメッセージが再生され始める。

「こんばんは、佐々木です」

同じ佐々木という姓を持つ相手だったが、その声は女性のものだ。

琴美《ことみ》の声を聞き、吉野は軽く背筋を伸ばした。

「ええっと、よかったら今度映画でもいかがですか。お友達に勧められたんだけど……」

意味のない言葉の羅列《られつ》。

妹なのだから当たり前なのだが、彼女は顔立ちだけは佐々木によく似ている。しかし、琴美は利発で聡明《そうめい》な反面、物言いはひどくきついところがあった。

彼女とは、恋人としてつき合っているわけではない。

一時は琴美と恋人になってもいいかもしれないとも思ったが、佐々木と再び肌《はだ》を合わせて思い知ってしまった。

今でも自分の心は彼のものなのだと。

どれほど憎んでも、当分は佐々木を忘れられそうにない。

そういう意味では、吉野の心はあまりにも佐々木に囚《とら》われすぎていた。それゆえに、琴美とはどんなに努力したとしても、彼女がそう望んだとしても、恋人になんてなれるはずがない。他人の中に誰かの面影《おもかげ》を探すことは愚《おろ》かだったし、またどちらの相手に対しても失礼だった。

彼女とのことも、きちんと決着をつけておいたほうがいいのかもしれない。

試写会のチケットもあるし、誘う口実にはなるはずだ。

留守電を聞き終え、視線を巡らせた吉野は、部屋の片隅《かたすみ》に据《す》えてあった観葉植物がくったりと元気を失っていることに気づく。

このまま放《ほう》っておけば、枯《か》れてしまいそうだ。吉野は慌《あわ》ててキッチンに走ると、手近にあったケトルを摑《つか》み、それに水を注いだ。

それから、慎重な手つきで観葉植物に水をやる。

からからに乾いていた土が、次第に湿気を帯びて、潤されていった。

「ごめん」

誰に言うでもなく、吉野は謝る。

いったい何に謝っているのだろう、自分は。

# 4

夕刻の店内は、心地よい喧噪《けんそう》に包まれている。

「えっと、オムライス一つ！」

カウンターに座《すわ》ったサラリーマンが元気よく声をあげる。

「かしこまりました」

こうして佐々木《ささき》がキタヤマ亭で働くようになって、そろそろ一週間。

本当は適当に休んでいいと言われていたのだが、休むのが惜しかった。給料なんていらないから、この居心地のいい店にいたい。

毎日訪れる常連の顔も覚え、佐々木はこの店に自分の居場所を見出しかけている。

ほんの数日手伝うつもりが、ずるずると佐々木は先延ばしにしてしまっていた。

「いらっしゃいませ」

ドアの開く音に、空になったグラスに水を注《つ》いでいた塔子《とうこ》が振り返り、そう声をかける。彼女はトレイを小脇《こわき》に抱《かか》え、新しい客をテーブルへと案内しようと身を起こした。

「二名様ですか？」

「そうだ」

その特徴のある尊大な声に、ドアに背を向けてサラダを作っていた佐々木は、自分の心が音を立てて凍りつくような錯覚に襲われた。

そんな、馬鹿《ばか》な。

咄嗟《とっさ》に隠れる場所が欲しかったが、オープンキッチンのこの状況では無理というものだ。せめて彼が自分の存在に気づかぬことを祈るばかりだった。

だが、その佐々木のささやかな願いは、呆気《あっけ》なくうち砕《くだ》かれた。

「佐々木くん……」

先に声をあげたのは、仁科《にしな》のほうだった。おかげで連れの森村《もりむら》絵衣子《えいこ》も、意外そうな顔つきでこちらを振り返った。

会いたくなかった。この二人には。

ここで働いていることが吉野《よしの》にばれてしまうかもしれない。どうすれば上司に許されるかもわからず、ただ戸惑《とまど》っているだけだということが。

顔を背ければいいのに、足が動かない。まるで、その場に釘《くぎ》で打ち付けられてしまったように。

「――いらっしゃいませ」

からからに乾いた口からそれだけの言葉を振《ふ》り絞《しぼ》れたのは、我ながら上出来だった。

「おや、珍しいな。ここに転職でもしたのか？」

「……」

仁科は何も知らずに、この店にやってきたのだ。

軽妙な口調とは裏腹に、男の端整《たんせい》な容貌《ようぼう》に険しい色が浮かぶ。ハンサムとは言いがたい容姿の持ち主だったが、それでも仁科の顔つきは他者の美的感覚を満足させるものだ。その顔にありありと嫌悪《けんお》と困惑《こんわく》の色を見出し、佐々木のほうこそ戸惑《とまど》った。

「どういうことなの？」

問いつめるための質問を放ったのは、仁科ではなく絵衣子のほうだった。

「――」

佐々木には、そのシンプルな問いに答えられなかった。

当たり前だ。

仁科の会社に雇われているはずの自分が、こうして彼の会社の目と鼻の先で、のうのうと他の店の厨房《ちゅうぼう》を手伝っているのだ。

「いいだろう、絵衣子。彼なりに事情があるのなら、あとで聞こう。今は食事が先だ」

無粋《ぶすい》にもフロアに立ち尽くしていた自分たちの非を詫《わ》び、仁科は絵衣子に案内されたテーブルに向かうように示した。

一抹《いちまつ》の緊迫感はそれで呆気《あっけ》なくかき消え、店の空気も平常のものへと戻る。

「とりあえず、グラスワインの赤を二つ」

「かしこまりました」

心臓が震えている。どうやってこの窮地《きゅうち》を切り抜ければいいのか、自分にもわからなかった。

自分が犯したミスはルール違反だというのは、わかっている。このままでは、島崎《しまざき》が自分に与えた課題を読み解けないままだ。

だけど。

厨房《ちゅうぼう》に立つのは、楽しかった。

この店にいると、レピシエのことを思い出してしまう。

まるで子供のように無邪気《むじゃき》に料理を作る北山《きたやま》は、物腰は丁寧《ていねい》で面白《おもしろ》い料理人だ。

客を納得させる一品を作り上げるための努力を惜しむこともなく、北山は額に汗《あせ》をして料理を続けている。客単価は低かったし、回転率もさほどでもない。だが、この店はいつも客でいっぱいで、皆が北山の作る料理を待ち焦がれていた。

高血圧で塩分を控《ひか》えた料理を所望されればそれに応《こた》えるし、ヘルシーだけどフレンチらしいものを、と言ってくる相手もいる。そうでなくともバターをたっぷり使うフレンチにはそんな要求はむちゃくちゃだと思ったが、北山は意に介することもなく楽しそうに料理を続けていた。

きっと島崎だったら、そんな客は最初から断ってしまうだろう。彼にはそういったところで、妥協《だきょう》を許さない厳しさがあった。

ことあるごとに二人のシェフを比べている自分自身に、佐々木は戸惑《とまど》いを覚えていた。どちらがいいというわけでもない。料理に対する情熱は、北山も島崎も引けを取らないだろう。フランスの薫陶《くんとう》を受けてきた二人の料理は、相反するようであっても、お互いに迸《ほとばし》るような情熱を感じさせた。

「——知り合いか？」

心配そうに北山が声をかけてきたので、佐々木は曖昧《あいまい》に頷《うなず》いた。

知り合いどころか、会社の上司だ。

仁科にだけは、知られたくなかった。知られたら最後、どのような罰を与えてくるかがわからなかったからだ。

「最初に、君の言い分を聞こうか」

ソファに浅く腰かけた佐々木の傍《かたわ》らに立った仁科は、尊大な調子で口を開いた。

憎らしいほどに余裕に満ちた態度を取る男は、佐々木に紅茶を勧めることさえした。自分は一刻も早く、この断罪の場から立ち去りたいのに。

「特に、ありません」

力なく項垂《うなだ》れた佐々木は、小さく呟《つぶや》く。

真夜中のオフィスには、誰もいない。絵衣子は明日は結婚式があるとのことで、さっさと帰ってしまったのだ。

キタヤマ亭と仁科のオフィスの距離が近いことが、すべての元凶に違いない。

まさか仁科がこの店を好んで訪れていたとは、佐々木は夢にも思わなかったのだ。

「君はうちの会社の社員だ。アルバイトこそ禁止していないが、島崎に謹慎《きんしん》を喰《く》らったはずだ。その理由を考えたことはないのか？」

「あります」

「だったらなぜ、あの店で働いていた？」

言い逃れのしようが、なかった。

こんなに早く見つかるなんて、佐々木のシナリオにはどこにも書かれていなかった。

北山の店にいるのが、楽しかった。エリタージュでは味わえない楽しみと、心が浮き立つような喜びとを得ることができた。

「人づてに頼《たの》まれました」

「君は誰かに頼まれたら、上司の命令にも背くのか？」

仁科は自分を、責めているわけではない。猫《ねこ》が鼠《ねずみ》をいたぶるように、ただ佐々木を追いつめていくゲームを楽しんでいるだけだ。

窮鼠《きゅうそ》猫を噛《か》む、という諺《ことわざ》を知らないのだろうか。いや、知っていたとしても、佐々木がそのような行動に出られないことを読んでいるのだろう。

佐々木はいたたまれない気分で唇《くちびる》を噛《か》み締《し》め、両手をぎゅっと握る。ぶるぶるとみっともないほどに手が震え、我ながら情けなかった。

「そんなに辞《や》めたいのなら、エリタージュなど辞めてしまえ。島崎にどれほど苦労させているのか、君にはわかっているのだろう？」

「――」

「協調性のない人間は、厨房《ちゆうぼう》にとってはただのお荷物だ。島崎は謹慎《きんしん》の期間を決めなかったそうだが、その意味をわかってるのか？　君に、なぜ自分が厨房から放《ほう》り出《だ》されざるをえなかったか、考えさせたかったからだと俺は思ってるがね」

至極《しごく》もっともな言葉に、佐々木は何も言えなかった。

いつも、仁科の前ではただやりこめられてしまう。

言葉もなく俯《うつむ》いた佐々木を見て、仁科は不意に手を伸ばした。後頭部あたりの髪をぐっと摑《つか》むと、無理やりに上向かせる。

「ッ」

乱暴な仕草に、声が漏れた。

「そうやって、言いたいことがあってもすぐに黙り込む。いつも君の言葉は君の内側にしかない」

「それが、どうした」

掠《かす》れた声だった。

「言いたいことがあったら言葉にしろ。君の言いたいことを読み取ってやれるほど、俺は暇じゃないし、君のことだってどうでもいいんだ」

「だったら、放《ほう》っておけばいいだろ！」

「そうはいかない。俺は君の雇用者だっていうのを忘れたのか？　いちおう、監督責任というものがあるんでね」

彼は小さく口元を歪《ゆが》め、暗いまなざしで佐々木を見つめた。

他人の心の深淵《しんえん》までも覗《のぞ》き込《こ》もうとするような、そんな瞳《ひとみ》だった。

仁科という男の底知れなさを象徴するような。

この男が嫌いだ。どちらかといえば、怖《こわ》い。

他人をどうでもいいと、その存在など軽んじているような風情を隠さぬ彼が。

「いつまでもそんな、未練《みれん》がましい顔をしているのはよせ。どうせ、失《な》くしたものは何も戻ってこない。金も……吉野も」

「……あんたには、関係ないって……」

仁科は喉《のど》を鳴らして笑った。

「未練《みれん》たらたらって顔だな。みっともない。吉野みたいに育ちも性格も申し分のないやつを、世の女性が放《ほう》っておくと思うか？」

恐れていることを、言い当てられた。唾《つば》を飲んだ瞬間、不自然に喉が鳴った。動揺《どうよう》を見透かされそうで、佐々木は汗《あせ》の滲《にじ》んだ掌《てのひら》を拭《ぬぐ》うのを我慢する。

「君は、いつまで経《た》っても駄々《だだ》をこねることしか知らない子供だ。成長というものがまるで感じられない。俺の言葉を理解してないだろう？」

怒りで全身の血が沸騰《ふっとう》するような、気がした。

「理解してるなら、何か真っ当なことを言ってみろ」

「……あんた、は」

声が掠《かす》れた。上手《うま》く言葉にならない。仁科が発する威圧感、人を支配しようとするその強さが佐々木を阻《はば》む。

この男はどこかサディストの気があるのだと、思う。決して気が弱いわけではないはずの佐々木でさえも、彼の前に引き出されることは苦痛だった。その透徹《とうてつ》したまなざしに裁かれるのが、怖《こわ》い。

仁科自身にも後ろめたいことはあるだろうに、彼は他者を容赦《ようしゃ》なく断罪する。

「あんたは何がしたいんだ」

振《ふ》り絞《しぼ》るようにして、佐々木はその言葉を吐き出した。それだけのことに、全身の力を吸い取られるような気がした。

それほどまでに、自分は仁科を恐れている。この男を。

「以前もその点は話した気がするんだが……君が手に入れる幸せを見たいんだよ。愛情も何もかも振り捨てて、自分だけを選んだ君の行く末を見たいんだ」

新聞をめくるような無造作《むぞうさ》さで、男はトーンを変えぬ声音で告げた。

「……どうして」

「気に入ってるからだ」

くすりと仁科は笑った。それだけで背筋がぞっとするような、あまりに酷薄《こくはく》な笑《え》みだった。この男の心には感情というものがないのか。そう思わされるような表情だ。

「君はいつか気づく。自分が何も手に入れていないことを知り、焦《あせ》るだろう。だけどそのときには何もない。君は他者に何も与えず、何も施《ほどこ》さず、ただ己の信じる道だけを進む。子供じみた独善だけを頼《たよ》りにね。それが他人をどれほど傷つけているかなんて考えることは一生ない」

まるで予言めいた口ぶりだった。佐々木は何かに救いを求めようと、応接室のキャビネットに飾られた皿に視線を投げる。ついでグラス。そして、書架《しょか》の本の背表紙に。

だがそこには佐々木をこの断罪の場所から解き放つ助けになるものは何一つなく、ただ声を張りあげるほかなかった。

「そんなことはない！」

「吉野を傷つけてないとでも言うのか？　いや、吉野だけじゃない。君のそのやり方が、周囲の人間を傷つけてないとでも？」

彼の口元が歪《ゆが》められて、酷薄《こくはく》な笑《え》みのようなものを作る。

「だから、最後に君が、どうするのか知りたいんだよ。何に助けを求め、何に縋《すが》るのか」

たぶん自分は、仁科の言葉を三分の一も理解できていないだろう。彼が発する音は確かに佐々木や吉野が使うものと同じ日本語だったが、その内側に眠る深遠な思考を覗《のぞ》き見《み》ることすら叶《かな》わず、佐々木は沈黙した。

「そのときに俺に救いを求めてきたら……助けてやる。縋《すが》り付《つ》いて、跪《ひざまず》け。この世に愛なんてないと言ってみろよ」

ひやりとしたものが、佐々木の頰《ほお》を撫《な》でた。

彼の中に眠る冷酷さは、見せかけだけのものではなかった。

たとえばこの男の瞳《ひとみ》は、どうしてこれほどまでに冷たいのだろう……。

「だが、料理を選んだ以上は、この先二度と吉野には関《かか》わるな。それが俺の要求だ」

「そんなの、あんたには関係ないだろう！」

「俺はあいつの友人だ。友達が傷つかないようにあらかじめ手を打っておくことくらい、許してくれてもいいじゃないか」

「うるさいっ！」

佐々木はオフィスじゅうに響き渡るような声で怒鳴《どな》った。続けて罵《ののし》ろうと思ったが、適切な言葉が出てこない。だが、こんな男——仁科なんかが、吉野を思いやっているはずがない。その資格は彼にはなかった。

「彼をあそこまで傷つけておいた張本人は君だ。忘れたのか？　君が存在し、呼吸しているというだけで吉野を苦しめるんだ」

「……」

「自分を切り捨てた人間が、同じ地上にいるというだけでね」

「どうして」

声がざらっと掠《かす》れた。ノイズ混じりのラジオみたいに。

「それが人の本質だからだ」

人の資質をあっさりと見切る仁科の言葉に、佐々木は軽い戦慄《せんりつ》と焦燥《しょうそう》すら覚えた。

限界だった。これ以上裁かれるのは御免《ごめん》だ。耐えられそうにない。

「もう二度と会わない！　あの人に助けてもらうつもりだって、ない。そのどこがいけないんだよ……！」

半ば衝動的に言葉にしてしまうと、ずきりと胸が痛んだ。

嘘《うそ》だ。そんなこと、できるはずがない。

吉野が欲しい。まだ彼とやり直したいと思っている。

自身で切り捨てた可能性なのに、レピシエさえ取り戻せばどうにかなるのではないかと、自分はまだその馬鹿《ばか》な夢を捨てられない。

あの晩、ほんのわずかな彼の体温と引き替えに捨てたはずの夢を、佐々木はまだ後生《ごしょう》大事に抱《かか》えているのだ。

「だったら、その言葉を誓ってもらおうか」

仁科はぞっとするほど艶《つや》やかに微笑《ほほえ》んだ。

「料理だけを選ぶと誓え」

こんなの、踏み絵じゃないか。

仁科は過酷《かこく》な要求を突きつけてくる。

もう二度と吉野に近づかないと。彼の体温を求めないと。

自分の弱さを他人に肩代わりさせないことを、誓えと言うのだ。

佐々木は目を閉じた。

脳裏《のうり》に浮かぶのは、吉野の美貌《びぼう》だった。

彼を苦しめたくない。佐々木の存在ゆえに、吉野を傷つけたくはない。

「……誓ってやる……」

振《ふ》り絞《しぼ》るような声で、佐々木はそう口に出す。

それを聞いて、仁科は低く嗤《わら》った。

「——それで、キタヤマ亭の件だが、あの店は俺も気に入っている。お咎《とが》めなしにしておいてやろう」

まるで何事もなかったかのようにあっさりとした口ぶりで仁科は言うと、さらりと話題を転じた。

「ありがとうございます」

屈辱的《くつじよくてき》な会話の果てに出た結論だっただけに、期せずして声が震えた。

「北山さんはいい料理人だ。得ることも大きいはずだ。せいぜい、エリタージュでの謹慎《きんしん》期間が終わるまでは手伝ってやりなさい」

もう、いつもの仁科だ。口元に浮かべられた微笑はあくまでシニカルで、佐々木を完全に見下している。

いつまで続くともしれぬ謹慎期間のことを持ち出されて、佐々木の胸は疼《うず》いた。

「それで、あいつのことはどうする気だ？」

「あいつ？」

「コミだよ。康原《やすはら》だっけ」

「——」

心に鈍く、その名前が突き刺さった。

どうするも何も、康原はまだ東京には戻ってきていないはずだ。

「康原は、店を辞《や》めた……んですか」

「まだだ。だが、これ以上休ませておいても店には無駄《むだ》なだけだ。別の人間を雇うほかないだろう。もっとも、立場は君だって同じことだ」

仁科の言葉に、佐々木はわずかに目を伏せる。

「使えない人間をいつまでも雇っておく理由はない。島崎の怒りを解く方法でも、考えておくんだな。ああ、詐欺にあったことは島崎にも言ってないから、安心しろ」

「……」

「話は終わりだ。帰ってもいいぞ」

佐々木は無言で応接室の扉を開けると、オフィスのエントランスまで走った。がつんと乱暴にエレベーターのボタンを叩《たた》く。いらいらしていると、ようやくエレベーターの扉が開いた。

だんだんわからなくなってきた。何もかもが。

自分はエリタージュに必要な人間なのか。料理をして、いったい何をしたかったのだろう。今の自分の料理を、誰に食べさせたいのだろう……。

泣きたくなってくる。このごろの自分は妙に涙腺《るいせん》が緩《ゆる》くなってしまっている。いつも決壊寸前の堤防みたいで、何かの拍子《ひょうし》に壊れてしまうのだ。

特に、吉野のことを考えたときにそれはひどくなる。

吉野を傷つけたことくらい、知っている。しかし、この先も自分はずっと吉野を傷つけ続けるのだろうか？　ただ存在するだけで彼の心に苦痛を与え続けるのか。

それなら死んでしまいたい。

あのとき、吉野の気持ちも知らずに彼の腕に慰めを求めた自分を、殺したかった。

彼を苦しめることしかできない己を窒息《ちっそく》させてしまいたい。

世界で一番、好きな人だ。彼に恋し続けるという法則は、誰にも変えられない。

どうして離れてしまったのかを今でも考え続けてしまうほど、吉野を好きだった。

だけど彼はきっともう、誰かのものだ。琴美《ことみ》とつき合っているはずだ。

すっかり打ちのめされた佐々木はエレベーターの中でずるずるとうずくまりかけ、それが止まったのを機にのろのろとドアから滑り降りた。

ビルの玄関を重い足取りで抜けて骨董《こっとう》通りに足を踏み出したそのとき、佐々木を背後から誰かが呼び止めた。

「佐々木さん！」

艶《つや》やかな笑《え》みを浮かべてひらひらと手を振っていたのは、成見智彰《なるみともあき》だった。

その美貌《びぼう》と子供じみた仕草が妙に嚙《か》み合《あ》わなくて、違和感さえ覚えてしまう。

「こんな時間まで仕事？　仁科さんと打ち合わせだった？」

黙り込んでいる佐々木を見ても、成見は怯《ひる》まずに話しかけてきた。

まるで静寂《せいじゃく》の湖面に映る星を宿したように澄《す》んだ瞳《ひとみ》は、どことなく濡《ぬ》れているようだ。

その様子がひどく色っぽく見えて、佐々木は自分の発想に赤面した。成見の美貌《びぼう》が並はずれたものだからといって、同性を見て色っぽさを感じている必要はどこにもないのだ。

もっともいくら成見の容貌《ようぼう》が優れていたとしても、吉野には敵《かな》わないだろう。

吉野よりも綺麗《きれい》な人間に、佐々木は出会ったことがない。言葉に出すことはなくても、心の中では手放しで絶賛してしまう。彼の姿を形作るものがなんなのか、知りたくなる。

その美しさは、吉野の内面を反映したものなのだろうか？

確かに表面上は欠点だらけだったが、吉野のそんな性質さえも、たまらなくいとおしく思えるのも事実だった。

だけど、それも全部が過去の話だ。自分たち二人はもう元には戻れない。ばらばらになった心を、無造作《むぞうさ》に繫《つな》ぎ合《あ》わせることなんて誰にもできないから。

そんなことができるとがむしゃらに信じていた日々は、もうだいぶ昔のことのようだ。

「どうかした？」

不審《ふしん》そうな成見の声に、佐々木ははっと我に返った。

通りを真っ赤な外車が走り抜け、その拍子《ひょうし》に佐々木のジャケットの裾《すそ》がはためく。

「もし帰るなら、送ろうか？　バイクだけど、あっちに停《と》めてあるんだ」

「一人で帰れる」

かまわないと言いたげに佐々木は強固に首を振った。送ってもらうほどの距離でもないし、成見のことはどうも苦手だ。一緒《いっしょ》にいることは、なるべくなら避けたかった。

「俺、暇だけど？」

「――あいつに、会いに来たんじゃないのか」

「仁科さんにはいつだって会えるから、大丈夫。佐々木さんのほうが珍しいでしょ？」

仁科と成見は、上司と部下という枠組《わくぐ》みを超えて親しくつき合っているらしい。そのことはわかるのだが、この美しい青年がどうしてあの仁科という男に腹を立てずに相手をできるのか、それが佐々木には不思議《ふしぎ》だった。

優しげなそのまなざしに見つめられていると、成見の言葉に従ってしまいたくなる。

彼の瞳《ひとみ》はそんな魔術《まじゅつ》を持っている。

大人びた空気を身にまとうくせに、何かの拍子《ひょうし》にふっと稚気《ちき》を見せる。そんな危ういアンバランスさが成見の魅力《みりょく》なのかもしれない。

「料理人だから」

「え？」

「バイクは乗らない。転んだりしたら、まずい」

キタヤマ亭の鵜飼《うかい》という男のように、怪我《けが》をしたらまずい。佐々木の簡潔な言葉に納得したのか、成見は「そうか」と頷《うなず》いた。

「そうだね。偉《えら》いな、佐々木さんは」

おまえみたいに、派手《はで》な顔立ちで実力以上の人気を集めているやつとは違う。

そう言ってやりたくなったものの、佐々木はその気持ちをぐっと堪《こら》えた。

……八つ当たりだ。ただの意地悪じゃないか。

これ以上成見と一緒《いっしょ》にいたら、ひどい言葉が確実に飛び出し、彼を傷つけるだろう。

「帰る」

「あ、うん。またね」

成見の挨拶《あいさつ》を聞き流し、佐々木はきびすを返して青山《あおやま》通りに向けて歩き出した。

ああやって素直《すなお》に生きている人間が、妬《ねた》ましかった。

挫折《ざせつ》なんて知らないような、美しい瞳《ひとみ》。真《ま》っ直《す》ぐな視線。

一人になんて、なったことがないくせに。

時折彼の見せる屈託《くったく》のなさと無邪気《むじゃき》さが、今の佐々木にはたまらなく憎かった。

「…………」

吉野は大きく大きくため息をつき、鏡の中の自分の顔を覗《のぞ》き込《こ》む。今ひとつ顔色がよくないし、今日の会食はさぼれないだろうか。

消極的な自分の思考は情けなさと紙一重だったが、実際問題として出かけたくないのだから、仕方がない。

父親の容態は安定しているとのことなので、気詰《きづ》まりな会食をまず第一に消化することに決めた。父に会いに行くのは、週末でもかまわないだろう。

訪れた先のオフィスビル。その男性トイレで鏡を覗き込む吉野を見て、社員らしい若者がまじまじと好奇の視線を送ってくる。それにはっとして、吉野は慌《あわ》ててトイレから飛び出した。これじゃ、ただのナルシストだと思われているかもしれない。

お見舞いまで届けてもらったんだから、仕方がないと……思う。

たとえそれがどれほど不本意な事態であったとしても、だ。

どうせここから入谷《いりや》に行って、そこで少しあの大滝《おおたき》と食事をする。それだけだ。

これ以上自分につきまとわないでください、とはっきり宣告すれば、きっとあのダンディな中年男だって納得するだろう。

業界でも憚《はばか》ることなくゲイと噂《うわさ》される相手だけに、吉野はなおさら滅入《めい》っていた。

アメリカに留学していたころには、確かにそういう友人もいた。だが彼らは友人としてつき合うぶんには問題はなかったし、恋愛対象にされたとしても、吉野には恋人がいるとはっきり言えばそれでよかった。

それが顔だけを選んで一目惚《ひとめぼ》れされているときは、始末が悪い。

おまけに相手の大滝は料理評論家としては著名で、たいていのレストランや料亭には顔が利《き》く。もちろん、一般紙や週刊誌で批評のたぐいも執筆しており、うっかり彼の逆鱗《げきりん》に触れたレストランの末路は悲惨《ひさん》なものらしい。かといって下にもおかぬ扱いだけをすればいいものではないらしく、扱いの難しい男として有名だった。

約束の料亭は入谷にあり、地図を頼《たよ》りに歩いていけばすぐにわかった。

仕舞《しも》た屋《や》風の佇《たたず》まいに、吉野は好感を抱く。もっとも、だからといって会食の相手にも好意を持てるはずはなかった。

からりと潜《くぐ》り戸《ど》を開けて店の中に入り、玄関のところで声をかけると、すぐに女将《おかみ》が顔を出す。「吉野様でいらっしゃいますか」と問われて、名乗らぬのにどうしてわかるのだろうと訝《いぶか》しげに頷《うなず》いた。

「大滝様がお待ちです。目の覚めるような美形がいらっしゃるから、名前を伺わなくてもすぐわかるとおっしゃっていて」

「そうですか」

否定すればかえって嫌味《いやみ》になるだろうと、吉野は彼女の言葉をさらりと受け流した。

ぎしぎしと廊下《ろうか》が軋《きし》んだ音を立て、建物の古さを窺《うかが》い知《し》ることができる。女性は一番奥の襖《ふすま》の前に跪《ひざまず》くと「失礼します」と声をかけてから、すっとそれを両手で右に引いた。

「こんばんは。本日はお招きありがとうございます」

同じく吉野が頭を下げると、待ち受けていた大滝は「そう硬くならなくてもけっこうですよ」と微笑《ほほえ》んだ。若いころは二枚目で鳴らしたであろう紳士《しんし》だった。

べつに、すごく嫌いなタイプというわけではない。

ただ、彼があまりにもあからさまなアプローチをかけてくるのが、不愉快《ふゆかい》なだけで。

「さ、どうぞ」

「失礼します」

必然的に吉野は上座に座《すわ》ることになり、女将の手によってビールを注《つ》がれた。

「その節は、大変お世話になりました」

「いえいえ。大事がなかったようで何よりです」

にっこりと、大滝が笑う。年の頃は四十半ばだろうから、そろそろ中年の域にさしかかっていると言えるだろう。

「こちらは薬膳《やくぜん》を取り入れた料理で有名で、食べていると身体《からだ》の奥から温まってきますよ。たとえば、山葵《わさび》なんてものもある意味薬草の一種なんです」

「……そうなんですか」

もともと『薬膳《やくぜん》』という発想は古代中国のもので、陰陽《いんよう》五行説という古くからの思想に則《のっと》って、穀物《こくもつ》や魚肉が身体《からだ》の臓腑《ぞうふ》のどこに作用するのかを元に考えられているのだという。その方法論をこの店では和食に応用しており、近年では人気を集めているのだとか。吉野もそのあたりには詳しくなかったため、自然と大滝の話に耳を傾ける羽目《はめ》になる。

「味のほうは、いかがですか？」

「美味《おい》しいですよ」

薬膳というからにはもう少し薬臭いのかと思っていたが、そんなことはまったくない。精進《しょうじん》料理と違って肉や魚も取り入れているため、あっさりしすぎていて物足りないということもなかった。

「こちらも、生春巻き風ですよね？　和食では珍しいと思うんですが」

「ああ、意外と生春巻きは応用が利《き》くようですね。先日、麻布《あざぶ》のフレンチの広川《ひろかわ》シェフとお話したんですが……」

会話が弾《はず》まないことにはいくつかの理由があったが、一つは大滝の蘊蓄《うんちく》があまりにも鬱陶《うっとう》しいということにある。彼は知識をひけらかすタイプではないかもしれないが、吉野の身体を気遣《きづか》ってあれこれと薬膳のことを教えておきたいらしい。

その親切心は有り難く受け取るほどの分別を備えてはいたものの、問題は別のところにあった。

男の視線。

これが吉野にはたまらなく不快だった。

――まるで値踏みされているみたいな感じなのだ。

洋服の上から、男の視線が容赦《ようしゃ》なく吉野の肌《はだ》を這《は》い回《まわ》る。

怒りと羞恥《しゅうち》で頰《ほお》が火照《ほて》りそうになるが、それを止めるすべなどなかった。

それでも食事は最後に柚《ゆず》のシャーベットというありきたりのもので打ち止めとなり、ようやくここでこの気まずい時間が終わりになるのだと安堵《あんど》した。

「吉野さんはご結婚はなさらないんですか？」

渋い緑茶を飲みながら、大滝は尋《たず》ねる。

「――俺は、今は仕事が忙しいので」

「もったいないですね。そこまでハンサムで社長さんなら、引く手あまたでしょう」

「そうでもないですよ」

相変わらず男は吉野を眺《なが》め回《まわ》しており、これじゃ一種のセクハラだ。

しかし、ここで引いていてはいけない。弱みを見せたくなかった。

「いやいや、初めてお目にかかったときにびっくりしましたよ。こんなに綺麗《きれい》な男性はめったに見かけませんから」

「そんな、顔を誉《ほ》められても何も出ませんよ」

吉野は苦笑した。

ひとしきりの沈黙ののち、大滝が「じつは」と思いつめた声で口を開いた。

「仁科さんに伺いましたが」

大滝はそう言って、卓上に置かれた吉野の左手にそっと自分の肉厚な右手を重ねた。

じっとりと汗《あせ》ばんだ掌《てのひら》を押しつけられて、全身に鳥肌《とりはだ》が立つ。

「同好の趣味《しゅみ》があると聞いたんですよ。吉野さんも、その……男性がいけるほうだと」

――あの男は、まったく……面白《おもしろ》がって、なんてはた迷惑《めいわく》なことを。

内心で吉野は仁科を罵《ののし》ったが、それを表に出すことはなかった。

「それは、何かの間違いです」

吉野はさりげなく自分の手を引き抜くと、正座したままじりじりと後ずさった。

「いいんです、吉野さん」

大滝は潤んだ瞳《ひとみ》を向けて、こちらを見つめた。

「あなたを見たときから、運命的なものを感じてました。あなたこそ私のミューズです」

ミューズとは確か、詩の神様だった気がする。以前ルーヴル美術館で見た彫刻を思い出しながら、吉野はあれはヴィーナス像じゃないかと脳裏《のうり》で訂正した。

「俺には、好きな人がいるんです。あなたとはおつき合いできません！」

「でしたら、一晩だけでも、お金だけのおつき合いでもかまいません。あなたを私のもの

にしたい……！」

　男のそんな言い草が、吉野の神経を一気に逆撫《さかな》でした。

「だったら、そんなつき合いはよけい御免《ごめん》です！」

　吉野はそう怒鳴《どな》りつけると、脱いでおいた背広《せびろ》から財布《さいふ》を取り出し、食事代にと一万円札を数枚引き抜いて投げつけた。

「吉野さん……」

「一生に一人でいいんです！　俺は……たとえ上手《うま》くいかなくても、馬鹿《ばか》みたいでも、一人しか愛せない。だから、ただ相手が欲しいだけならほかを当たってください」

　こんな相手に逆切れしても仕方ないのだが、そうとしか言えなかった。

　戯《たわむ》れに恋を重ねることなんて、できそうにない。

「待ってください！」

　追《お》い縋《すが》るように大滝の声が聞こえてきたが、踏みとどまるつもりはいっさいない。

　襖《ふすま》を開けて廊下《ろうか》に飛び出し、大股《おおまた》で玄関への階段を駆け下りる。

　靴箱から勝手に自分の革靴を見つけると、それを履《は》いて玄関を飛び出した。

「お客様、何か失礼がありましたか？　お客様！」

　慌《あわ》てふためいて自分を追いかけてくる女将《おかみ》をよそに、吉野は道に駆け出した。

　不調法な真似《まね》をしたことはわかっていた。

そして、あの大滝を傷つけてしまったかもしれないということも。

しかし、ほかにどうすればよかったのだろう。

「……死にたい」

吉野は頭を抱《かか》えてその場に座《すわ》り込《こ》みそうになる。

これまで数多くの女性に迫られてきたし、つき合ってきた相手の数は両手では足りない。しかし、男にここまで本気で迫られたのは初めてだったのだ。

佐々木と恋愛をできるのだから、もしかしたら男が相手でもいいのかもしれない。

そうは思うが、自分が求めるのはいつも佐々木であって、ほかの誰かのやわらかな胸でもなく、また誰かの武骨な体温でもなかった。

一生に一人でいいなんて、我ながら恥ずかしいことを言ってしまった。

だけど、期せずしてそれは吉野の本音だった。

一人だけ、愛し続けていられればいい。

七つの星をしるべにする旅人のように、この心を燦然《さんぜん》と照らす愛は一つだけでいい。

けれども、一方であの大滝にひどい言葉を投げつけたのも事実だ。

無我夢中になって逃げてきたが、だからといって人を傷つけていいということにはならない。今さらのように、自己嫌悪《じこけんお》の気持ちが押し寄せてきた。

話せばわかる相手だったかもしれないのに、残酷《ざんこく》なことをしてしまった。いずれ、ちゃんと謝ったほうがいいかもしれない。

だが、生じてきた不快感はなかなか消えることがなく、吉野はうんざりとして落ちていた煙草《たばこ》の吸《す》い殻《がら》をぎゅうっと踏みつけた。

——とりあえず、今は酒でも飲んで、今日の出来事を忘れてしまおう。

これから渋谷《しぶや》に出て、どうせなら『アンビエンテ』に顔を出そうと考える。アンビエンテに寄れば遠回りになるが、渋谷は徒歩で自宅まで行き来できる距離だ。

気分転換にはちょうどいいかもしれない。

渋谷駅に降り立った吉野は、人波に逆行してNHKセンターのほうへと歩き始めた。春をとばして夏でも来たかのように、女性たちは薄い衣服を身にまとっている。

彼女たちの様子を見ているとひたすらに明るく華《はな》やかな風が吹き込んでくるようだ。すれ違う女性たちにも悩みやわだかまりはあるだろうに、どうしてそのまなざしはあんなにも楽しげなのだろう？

夏が来てしまえばいい。

心のわだかまりも灼《や》き尽《つ》くしてしまうような、そんな夏が。

佐々木だけだ。佐々木だけしか、欲しくない。

まるで呪文《じゅもん》のように、吉野は自分の願望を繰り返す。

だけど、心のままに佐々木のもとに走ったとしても、彼を傷つけてしまうだろう。

あの晩、彼を許せないのだと言いきった己の弱さを、吉野は心底嫌悪《けんお》していた。どうすればこの傷を癒《いや》せるのか、わからない。彼のキスでさえも、吉野の中にあるマイナスの感情を消せやしなかったのだ。

このままでは一生消えないのでは、ないか。

アンビエンテに続く路地を右手に折れてしばらく歩くと、見たことのないインポートショップができている。その近くのビルにアンビエンテがあるのだ。地下の階段から上がってきたカップルとすれ違う。道幅の都合で彼らは離れなければならず、吉野を一種憎々しげなまなざしで睨《にら》みつけた。

「いらっしゃいませ」

吉野はフロアスタッフの青年に会釈《えしゃく》を返す。一人ということもあってかぽつんと数席だけ空《あ》いたカウンターに案内された吉野に、成見がこちらを見て微《かす》かに笑った。

「いらっしゃいませ、ご注文はいかがいたしますか？」

「なんでもいいよ。ちょっと気持ちが落ち着かなくて」

「でしたら、当店のオリジナルカクテルをご用意いたします。ウォッカベースのカクテルでございますが……」

美しい青年の説明を聞きながら、吉野は頷《うなず》いた。

「少しお顔の色が優れないようですが……いかがなさいましたか？」

優美な物腰で吉野にカクテルを勧めながら、青年は問う。大きな瞳《ひとみ》には愁《うれ》いの色が滲《にじ》み、吉野はその美貌《びぼう》に一瞬、見惚《みと》れた。

「いや、この店のオーナーにちょっと困ったことをされてね」

「あとで私のほうから伝えておきましょうか」

「ああ、それには及ばないよ。そのうち、俺から文句を言っておくから」

吉野の言葉を聞いて、成見はふわりと微笑《ほほえ》む。

以前から美しい青年だとは思っていたが、出会って一年も経過するうちに、どんどんその美貌には磨《みが》きがかかっていくようだ。落ち着き払った物腰にもどこか艶《つや》があり、カウンターに座《すわ》った女性たちの目当てが成見にあるのはすぐにわかる。

明日は父に会いに行こう。

先延ばしにしていた事態を一つ一つ解決していかなくてはならなかった。

# 5

「佐々木《ささき》、オムライス一つ」

「はいっ」

卵を三つぽんっと割って、佐々木は手際よくオムライスの準備をする。新鮮な有精卵《ゆうせいらん》と濃厚なデミグラスソースで作られたオムライスはキタヤマ亭の人気メニューで、昼時はほとんどの客がこれを注文していく。もともとオムライスは得意だっただけに、北山《きたやま》はすぐにそのコツを伝授し、佐々木に任せてくれるようになっていた。

昼食時ともなればこの店は近所のサラリーマンやOLでいっぱいになり、ランチに何を作るかなんて悠長《ゆうちょう》なことを訊《き》いている余裕はなかった。

実際問題、リクエストさえあれば作ってもいいのだが、忙しいシェフを煩《わずら》わせてはいけないと、型どおりのランチメニューの注文をするのがここでは不文律になっているらしい。逆に、客が少なくなった夕方から夜にかけては、会社員やカップルがやってきては好きなものを注文していく。

一度肉じゃがと言われたこともあったが、それればかりは煮込まないと美味《おい》しくないから
せめて翌日にしてくれと北山が言うと、彼は本当に翌日に肉じゃがを食べに来た。

こういう店があってもいいのだと、思う。そう考えられるようになってきた。

日が経《た》つにつれて自然と北山が自分に話しかける口調はくだけたものになっており、呼び名は「佐々木さん」からくん付けを経て、「佐々木」とごくシンプルなものになった。

なんていうのか、こういう感じは……すごく、癒《いや》される。

まるで吉野《よしの》の隣《となり》にいるときみたいに、他人のあたたかさと優しさに包み込まれている。

吉野とは完全に同一のものではなく相似だったが、それでもよかった。

自分は現実から逃げている、だけだ。

こうして楽しいことに溺《おぼ》れて、ビストロごっこをするだけで。

だけど、次のステップに進むためのきっかけが見えてこなかった。

あまりにここは、居心地がいい。だからこそ、戸惑《とまど》うのだ。本当はこの店は佐々木のいるべき場所ではない。馴染《なじ》めば馴染むほど、離れがたくなるだけだ。

いつになったら島崎《しまざき》の与えた処分が解けるのかわからない。もしかしたら、彼は佐々木に変化を求めているのかもしれない。

かちゃんとドアが開く音がして、佐々木は顔を上げる。

「いらっしゃいませ」

見ると、若い母親と小学生くらいの男の子の二人連れで、近所に住む彼らはこの店にたまに顔を出すのだという。

塔子《とうこ》が学校に行っているあいだは、佐々木も少しは接客をこなすようになっていた。といってもテーブルに案内することと、水や料理をサーブすることくらいだったが。

それでも佐々木にしてみれば大きな変化だと、北山は誉《ほ》めてくれた。

この年になっても、誰かに誉められることは嬉《うれ》しい。何よりも自信がつく。店に来るのが楽しくて、このあいだなど北山よりも先に着いてしまい、裏口で一時間も待っているところを見つかって笑われたくらいだ。

「こんにちは、北山さん。今日はちょっとお願いがあるんです」

「なんですか？」

「努《つとむ》、話して」

努と呼ばれた少年はこくりと頷《うなず》き、きらきらとした瞳《ひとみ》を佐々木と北山の双方に代わる代わる向けた。

「あのね、学校の宿題で、『はたらくひとに話を聞く』っていうことになってるの。ここ、よく来るからおじさんたちに教えてもらおうと思って」

「佐々木、答えてやってくれるか」

「けど」

佐々木は他人としゃべるのが得意ではない。それが初対面であればあるほど、傾向として顕著《けんちょ》になる。子供だって、佐々木が相手では怯《おび》えるに決まっている。

「こういうのもサービスだよ」

北山はくくっと笑うと、料理に戻ってしまう。仕方なく佐々木はテーブルの傍《かたわ》らに立ち、「言ってみろ」と利発そうな少年を見下ろした。

「ええと、じゃあ、一つ目」

相槌《あいづち》を打つタイミングに困り、佐々木は黙り込む。それをものともせず、努はプリントを大声で読み上げた。

「佐々木さんのお仕事について教えてください」

「料理」

あまりにも簡潔で愛想《あいそ》のない答えに、母親がぷっと吹き出す。努はなぜそれに母が笑ったのかわからないようだったが、小首を傾《かし》げつつも次の質問を試みた。

「えっと、一日のお仕事はどんなことをしてますか？」

「最初に、店に来て掃除をする」

努は急いで「そうじ」とノートに書き込む。

「次に、仕込み」

「仕込みって？」

「お母さんが、料理の前に準備するだろ。お肉を醬油《しょうゆ》に漬《つ》け込《こ》んだりとか」

「うん」

「いっぺんにたくさんのお客さんが来たら困るから、最初にお客さんの人数を予想して、用意しておくんだ」

拙《つたな》い説明だったが、努は彼なりに一生懸命聞いている。

思ったよりも、まともに言葉が出てきた。佐々木は内心でほっとする。

佐々木の言葉を懸命に書き取る努のために、なるべくゆっくり話そうと試みた。

「それから、お客さんが来たら、料理をする。終わったら片づけと、また掃除」

「ふーん」

努は懸命に書き取りをして、それから佐々木の顔を見上げた。

「大変なことは、なんですか？」

「難しい注文をされたとき……か」

「難しい……」

彼はそう呟《つぶや》き、その言葉もノートに書き付ける。

「佐々木さんにできない料理はあるの？」

「いっぱいあるよ。料理は世界じゅうにたくさん、数えきれないくらいにあるから」

何もフレンチばかりが料理ではない。

それに、同じフレンチだって高級な料理から家庭料理まで、それこそ数限りない。

「じゃあ、嬉《うれ》しいことは？」

好きな人が自分の料理を食べてくれるときだ、と言おうとして佐々木はやめた。

吉野の顔が脳裏《のうり》をよぎったからだ。

あの人が自分の手料理を食べてくれることが、嬉しくてたまらなかった。それ以上の喜びはどこにもない。

たとえば、吉野の美貌《びぼう》を彩《いろど》る微笑《ほほえ》みや、世界じゅうのどこを探したって比するものが見つかるはずのないあのまなざしを作るのは、佐々木の料理だと自負する瞬間ほどのものは。

「――美味《おい》しいって言ってもらえたとき」

泣きだしそうな気持ちが押し寄せてきて、佐々木はそれを抑《おさ》え込《こ》もうと決める。

こんなところで泣くわけにはいかなかった。

「僕が美味しいって言ったら嬉しい？」

「うん」

佐々木は素直《すなお》に頷《うなず》いた。

「えっとじゃあ、最後に、今のお仕事は楽しいですか？」

その問いに、佐々木は完全に虚を衝《つ》かれた。

あまりにもストレートすぎる子供じみた問いだからこそ、佐々木はそれには答えられなかった。

好き？

「好きですか？」

仕事は楽しい？

「……」


「――たのしい……」

ぱたぱたぱたっと、予期せぬことに涙が零《こぼ》れてくる。

「さ、佐々木さん？」

大の男が涙ぐむその光景に、当たり前のことだが努はひどく驚いたらしい。動揺《どうよう》し、慌《あわ》てて小さな青いハンカチを差し出してきた。

「あの、僕、何か変なこと言った？　ごめんなさい」

料理は楽しい。そして――好きだ。

すごくすごく好きなのに、どうしてこんなことになってしまったんだろう。

上手《うま》くいかなくなってしまったんだろう。

「違うよ。おまえが、悪いんじゃない。――料理は……好き、だし、楽しい」

ずっと忘れていた気がする。こんなに心を弾《はず》ませて厨房《ちゅうぼう》に立つことはなかった。

エリタージュの厨房に立つのはいつも心を押し潰すような緊張と隣り合わせで、辛くてたまらなかった。

だけど、今は違う。

胸を張って、料理を楽しいと、好きだと言える。それは本当だ。

本当のことなのだ。


ノックは、二回。

ドアを開けるのを、吉野は躊躇《ためら》った。

自分が経営する病院に入院するのは、いったいどんな気分がするのだろう。父が入院してからここを訪れるのは初めてではなかったが、彼の感情を思うと胸が潰れるように痛んだ。

金属製の取っ手を摑《つか》み、右にスライドさせる。それだけのことをするのに勇気が必要になる日が来るとは、思わなかった。

今日はここに、付き添いに姉たちがいないのが不幸中の幸いだった。おっとりとした母親は吉野を必要以上に攻撃することがない。あの二人の姉は弟である吉野を便利に使うことだけしか考えておらず、時として辟易《へきえき》としてしまう。

「父さん、久しぶり」

まず最初に父の弘《ひろし》が起きているかを確かめてから、場違いなほどに明るい快活さを装った声で挨拶《あいさつ》を試みた。

「貴弘《たかひろ》」

「なんだ、思ったより元気そうだね。安心したよ」

父親を見下ろして、吉野は微笑《ほほえ》む。

――痩《や》せた。

以前とはまるで違う衰えた父の姿に、吉野は胸を衝《つ》かれたような痛みを覚えた。

「当たり前だ。いくつだと思ってるんだ」

声音はまだ張りがあったが、それでも以前ほどではない。

彼が老いただけではなく死に直面していることに気づき、吉野は口を噤《つぐ》みそうになる。しかし、己の不調を誰よりも把握《はあく》しているのは父なのだからと思い直し、笑みを消さぬように心がけつつ口を開いた。

「いくつって、もう還暦《かんれき》、過ぎてるじゃないか」

盛大に弘の還暦の祝いをしたのは数年前のことだ。あのときの父は元気だったから、いつか彼が亡《な》くなることなんて考えたこともなかった。

「父さんも無理しないほうがいいんだ。デイケア施設《しせつ》を造ったはいいけど、父さんがそこに入るようになったら困るよ」

　持ち前のやわらかな声で、吉野は優しく父に懇々《こんこん》と言い聞かせる。

「そろそろ、病院の経営は義兄《にい》さんたちに任せればいい。父さんだって、身体《からだ》を壊してまで仕事に打ち込むのはやめないと」

　吉野のその言葉に、彼はしばらく応《こた》えぬままだった。視線を投げた先には華《はな》やかなアレンジメントや果物の籠《かご》が飾られているが、それらはいつしか朽《く》ちていくのだろう。

　長く気詰《きづ》まりな沈黙のあとで、やがて彼の掠《かす》れた声が病室に響く。

「——おまえは優しいな」

「何、突然」

「本当だ。おまえは私の自慢の一人息子だよ。上の女二人が気が強いせいで息苦しかったかもしれないが……」

　独白にも似た述懐《じゅっかい》に、吉野は口を挟むことができなかった。

「だけど、優しいだけじゃいけない。今の世の中は、男にも優しさを求めてるのかもしれないが……おまえの優しさは意味がない」

　さっくりと、胸に鋭い刃物を突き立てられたような気がした。

　優しさだけで、佐々木を包み込めると思っていた。それさえあればいいと。

　だけど、違うのか？

優しいだけでは佐々木を救えないのだろうか。

彼を愛している。これほどまでに、愛しているのに。

「今度は俺にお説教？　その元気があれば大丈夫みたいだな」

吉野は苦笑した。またいつもの話をされるのは、さすがにうんざりとする。

「私を長生きさせたいのなら、一日も早く安心させてくれ」

「わかってるよ。でも俺は俺なりに、しっかり生きてるつもりだ。それが父さんの基準に合わないかもしれないけど」

「――そうか」

父はそう言って、わずかに目を閉じる。どうやらもう疲れたらしい。

「じゃ、俺は一度帰るよ。またお見舞いに来るから」

「そのころにはさすがに退院してるよ」

「そう祈ってる。じゃあね」

明るい口調で告げると、吉野は父の病室を後にする。ドアを閉めてふうっと息を吐いたところで、階段を上ってくる女性の姿に気づいた。

「あら、貴弘じゃないの。感心ね、ちゃんとお見舞いに来たの？」

「由美《ゆみ》姉……」

やってきたのは、二番目の姉にあたる立川《たちかわ》由美子だった。彼女はとっくに結婚して、今は姓が変わっている。

「その節は初美《はつみ》がお世話になったわ。あれから、そっちはどう？　上手《うま》くいってるの？」

その言葉に一瞬、吉野は返事に詰まった。それを見て、彼女は「あら」と呟《つぶや》く。

「もしかして破局とか？　情けないわねえ、あんなに大見得《おおみえ》切っといて」

身内だけに、姉の言葉は情け容赦《ようしゃ》がなかった。親しき仲にも礼儀《れいぎ》ありとか、そういう諺《ことわざ》がぐるぐると脳裏《のうり》を巡ったほどだ。

「放《ほう》っといてくれよ。今は、冷却期間なんだ」

「ってことは、喧嘩《けんか》？」

「——違うけど」

姉弟というのは、こういうときになると嫌《いや》になるほど話しやすい。今の自分の情けない状況など明かしたくもないのに、気づくと誘導尋問《ゆうどうじんもん》に乗っているかのように、するすると口を開いてしまう。

誰にも言えないことでさえも。

どちらからともなくビニール張りの椅子《いす》に並んで座《すわ》ると、吉野は姉の横顔を見つめる。昔も今も変わらないほどに綺麗《きれい》だと思うが、そう言えば彼女は笑うだろう。

「だいたいあなたも、顔ばっかり綺麗で頭の中は空っぽでしょう。我が弟ながら情けなくなるわ」

「……そうでもないと思うけど」

頭が空っぽと言われると、あまりの侮辱《ぶじょく》にむっとしてしまう。

「そうでもあるから問題なんでしょ。それで、佐々木くんとはどうなったのよ」

「俺が甘やかしすぎるからダメだって言われて、家出された。千冬《ちふゆ》は仕事を選んだんだ」

「それで？」

由美子は無駄《むだ》のない口調で先を促す。

「それっきり。一度会ったけど、あとは何もない」

「――」

姉は呆《あき》れたように口をぽかんと開いたまま、吉野の顔を眺《なが》め回《まわ》した。そして、次にため息をついて首を振る。まるで映画の女優のようなリアクションだった。

「あんた、頭悪すぎるわ、それって」

「なんだよ、突然」

頭ごなしに頭が悪いと言われてしまい、さすがの吉野もむっとした。

「だって、あれだけ反対されたのに、佐々木くんがいいって言い張ったのよ？　なのに、恋人に出ていかれたら、はいそうですか、って諦《あきら》めるわけ？　あんたの恋愛ってそんなヤワなものだったの？」

「けど、もう一緒《いっしょ》にいられないって言われたら、相手に強制できないだろう」

姉の追及を受けるとは思わなかったため、吉野は投《な》げ遣《や》りな調子で言い放った。

「それを強制しないから、愛想《あいそ》を尽かされたんじゃないの？」

「どうあったって、千冬は出ていったよ。彼はそういうところ、自分勝手だから。なのに、自分で出ていったくせに、俺がいなきゃだめなんだ」

「——舐《な》められてるんじゃないの？」

由美子の言葉は容赦《ようしゃ》がなかった。

「そんなことはないと思うけど」

「それに、相手が勝手だって思うなら怒ればいいじゃないの。彼がいなくなったことでぼろぼろになったら、それを見せてあげたらどうなの？　相手と自分はいつも五分五分でなくちゃ。貴弘に見栄《みえ》とか体面がある限り、本当のところは見せられないわ。相手と向き合うなら自分も見栄を捨てなくちゃダメよ」

由美子の言葉をどこまで信じていいのか、吉野にはわからなかった。

しかし、その言葉に縋《すが》ってしまいたくなる。

闇《やみ》の中を手探《てさぐ》りで、吉野は二人がもう一度やり直せる方法を常に探していた。

どうしたら、どんな理由を作れば、やり直すためにこの手をさしのべられるのだろう。

「ガツンと言ってやりなさいよ。本当は仕事なんてやめてほしいくらい好きだって。でも、あんたにはそこまで言えないってんなら、うちに戻ってきなさい」

「戻るって？」

「新しいお見合い写真、どっさり仕入れてあるのよね。あなたの場合、医者のお嬢さんの知り合いなんていないでしょ？」

それは、と吉野は口ごもったが、姉はまったくおかまいなしだった。

「ちょうどいいお嬢さんがいるの。顔も綺麗《きれい》だし性格もけっこうはっきりしていて、貴弘みたいな優柔不断《ゆうじゅうふだん》な相手にはぴったり」

姉に会話を一方的に進められそうになり、吉野は慌《あわ》ててその流れを断ち切った。

「俺はもう千冬以外との恋愛なんて、必要ないんだ。見合いなんてしない」

「だったら、なんで彼にそう言わないの？」

「言ったよ。必要だって、大切だって――」

言葉を尽くし、身体《からだ》で引き留めようとした。

彼を繋《つな》ぎ止《と》めるためならなんでもしただろう。

それでも上手《うま》くいかなかった。吉野のもとに留《とど》まってはくれなかったのだ。

「でも一度で諦《あきら》めたんでしょ」

「当たり前だよ。しつこい男なんて、みっともないだけだ」

「違うわ」

由美子は断言して、吉野の双眸《そうぼう》を覗《のぞ》き込《こ》んだ。

「あなたは怖《こわ》いのよ。確かに二度あることは三度あるって言うけど、三度目の正直って言葉もあるでしょ。どっちでもいいから、次に転んだほうを教訓《きょうくん》にすればいいのに、あなたはたった二回失敗したからって、怯《おび》えてしまってるんだわ」

もう一度「行かないで」と言うのが、怖かった。

言えるはずがなかった。

引き留めて彼の思いを遂《と》げさせないのが嫌《いや》だった。怖かった。

同時に、これほど引き留めても彼が出ていってしまうのが、怖かったのだ……。

「——じゃあ、姉さんは許せるのか？　自分を捨てた相手のことを」

押し殺したように、吉野は呟《つぶや》いた。

「俺《ば》は許せない……許せないから、やり直すことなんてできない」

「馬鹿《ばか》ね、そんなの、無理に許さなくてもいいじゃない」

吉野の本音を笑い飛ばした由美子の台詞《せりふ》は、あまりにも不条理だった。

「なんで？」

「許さなくたって、相手とつき合っていくことはできるわ。お互いにすべてのわだかまりをなくして生きていけるほど、人間なんて単純じゃないもの」

「……そんなの、争点をごまかしてるだけじゃないか」

「青いわね。人間関係では、ごまかさなくちゃやってけないことのほうが、多いのよ。いつもお互いに馬鹿正直《ばかしょうじき》になっていたら、傷つけ合うことだってあるわ。そういう人情の機微《きび》がわかんないところが、馬鹿なのよ」

　ふうっと由美子はため息をつき、膝《ひざ》を支えにして頬杖《ほおづえ》をついた。

「相手のすることをいちいち全部許していたら、いくら寛容な人間でも限度があるでしょ。許そうなんて考えるだけ、無駄《むだ》よ。だから、相手を許せないって気持ちがあるんなら、墓場まで持ってっていいの」

「相手を許せなかったら、俺はつき合えないよ」

「それが子供なのよ。許せなくたって、愛情が消えなければ平気じゃない。お互いを思いやる気持ちがまだ残っていれば、わだかまりは消せなくても、それを乗り越えることはできるわ」

　その腐った感情を飛び越えることのできるものが、愛情なのだろうか。

　いつしか吉野は胸中の汚濁《おだく》を抱《かか》えたままでも、佐々木への愛を全《まっと》うできるのか。

　二人の力を合わせたのなら。

　だけど、彼を許せるわけがない。傷つけられたことを忘れられるはずがない。

　そこまで甘くなれるはずがなかった。

「……姉さん、俺のことをたきつけてどうするつもり？」

「だから、それができないなら、あなたには平凡な結婚が似合うって言っているの。あなたは怖《こわ》がってるみたいだけど、仕方ないじゃない」

　不意に由美子は手を伸ばして、まるで幼子《おさなご》にそうするように、吉野の頭を撫《な》でた。

　昔はあれほど綺麗《きれい》だった姉の手が、少し荒れている。彼女の年齢を改めて思い知り、吉野は口を噤《つぐ》んだ。

　時は過ぎ、誰もが変わる。年を取る。終末へと一歩近づく。

　そんな中で自分は、佐々木と離れたまま一生涯《いっしょうがい》を終えるのだろうか？

　一番愛《いと》しい人と、もう二度とわかり合えないまま？

「醜《みにく》くていい。馬鹿《ばか》でいいじゃない。あなたは誰かを好きになって生きていけばいい。情熱的な人生で、羨《うらや》ましいわ。私にはとても、真似《まね》できないもの」

「恋だけに生きていけるほど、人生は単純じゃないよ」

　これではまるで仁科《にしな》みたいな物言いだと、吉野は自嘲《じちょう》した。理屈《りくつ》ばかりをこね回すあの男のようだ、と。

「でも、貴弘にはそれを否定できないでしょ。違う？」

　確かに、情熱も恋も、吉野には必要なものだった。

　ただ生きていくために、それだけのために。

「だったら、元気出してびしっとやりなさい。だいたい、三十路《みそじ》の男を捕まえて、恋愛のことをこうも懇切丁寧《こんせつていねい》に説教できるのなんて、親兄弟くらいしかいないわよ。私がいるのに感謝してほしいわね」

「はいはい」

吉野が肩を竦《すく》めると、由美子はその頭をがんっと小突いた。しかも、遠慮《えんりょ》なんてかけらもなく、かなり盛大に。

「今度そのみっともない顔見せたら、首根っこ押さえてお見合いさせて、相手との婚姻《こんいん》届《とどけ》に無理にでも署名させるからね」

吉野は立ち上がると、姉に別れを告げてその場を辞した。

本当はわかっているんだろう？

どうしたいのか。どうすべきなのか。

この腕に捕まえておくべき人がいるのに、どうしていつも自分は、気づかぬふりで通り過ぎようとしているのだろうか。

許せるはずがないのだというその言葉を、吉野は馬鹿《ばか》の一つ覚えのように反芻《はんすう》する。

これまでに何度も諍《いさか》いと行き違いを繰り返してきた。それを考えれば、その一つ一つのディテールを覚えてはいない。ただ、佐々木に与えられたいくつかのひっかき傷が、鈍くひりつくように痛むだけだ。

だけど、確かに。

佐々木を抱き締めることができれば、もう一度くちづけることができたら、すべてを乗り越えられる気がした。

この腕に彼のほっそりした肢体《したい》を再び抱くことができたなら。

あの晩だって、彼を抱き締めた瞬間は、憎悪《ぞうお》も怒りもなかった。ただ愛《いと》しさで胸がいっぱいになった。

雑念なんてすべて、忘れてしまえた。

相手を許さなくても先に進めるというのは、こういうことなのだろうか。

一度できてしまった傷は消えることがない。それを無理に癒《いや》すことなどせずに、その痛みを抱《かか》えたまま生きていけと姉は言っているのか。

それでも、愛さえあればやり直せる。何度でも恋をできる。

溢《あふ》れるほどの愛しささえ、お互いのうちに残っているのなら。


清潔なシェフコートを着た島崎洋治《ようじ》は、部屋に入ってくるなりひどく不機嫌そうに腕組みをし、佐々木を見据《みす》えた。

「それで、なんの用だ？」

島崎《やすはら》の言葉は単刀直入なものだった。

「康原は、どうしてますか？」

それに応じるように、佐々木の言葉もまた簡潔だ。料理長室は二人の声以外は何も聞こえず、厨房《ちゅうぼう》はどのような喧噪《けんそう》になっているかと、佐々木は懐《なつ》かしさを感じた。

「戻ってない。これ以上休んでいるようであれば、解雇もやむをえないな」

佐々木は俯《うつむ》き、そして顔を上げる。深呼吸をすると、ばくばくと脈打つ心臓も不思議《ふしぎ》とおさまってくるような気がした。

そして、島崎の瞳《ひとみ》を、まるで挑《いど》むような強さで睨《にら》みつけた。

「——迎えに行かせてください」

「何？」

「俺、あいつの実家に行きます」

他人との会話は相変わらず苦手だったが、佐々木は一息にまくし立てた。

「もしまだ康原のこと、育てる気があるなら。この厨房にあいつが必要なら、俺にあいつの実家の住所を教えてください」

ストレートにそう言って佐々木は、「お願いします」と頭を下げた。

こんなときに気の利《き》いた飾り気のある言葉なんて言えない。だけど、だからこそ、佐々木にできることは一つしかなかった。

料理はこんなに楽しいのに、面白《おもしろ》いのに、自分はそんなこともあの後輩に伝えてやれなかった。必死なだけで楽しみなんて何一つ見出せず、その辛《つら》さを康原に押しつけてきた。

いつも達成感はあったが、それだけだ。考えてみれば、自分はこのエリタージュの厨房《ちゅうぼう》に立つ楽しみを、一つも康原と分かち合っていなかったのだ。

挙《あ》げ句《く》の果て、幼《おさな》なじみの柚木《ゆずき》に裏切られて金を持ち逃げされた康原を、慰めてやることさえできずに詰《なじ》った。傷つけることしかできなかった。

そのことに、ようやく気づいたのだ。

「俺、何も言えなかった。先輩なのに、今まで全然、教えてやれなかった。料理はすごく楽しいのに……すごく……すごく」

言葉に、ならない。

美味《おい》しいと相手に言ってもらえることは、嬉《うれ》しくてたまらない。

その気持ちを康原は味わったことがあるだろうか？

何一つなしえず、ただ敗北感だけを植えつけてこの店を去らせたくはない。

もしこの厨房に戻ってこない理由が佐々木の態度だけにあるのなら、自分は彼を許したい。もう一度同じ厨房に立とうと伝えたかった。そして、彼に許されたかった。

他人に――誰かに、許されたい。

「謝りたい。俺は……」

謝って伝えたい。教えたい。いろいろなことを、分かち合いたい。

「――いいだろう」

島崎は難しい顔で頷《うなず》いた。

「その覚悟があるなら、康原にちゃんと謝って、さっさと店に戻ってこい」

そう言って、彼はファイルを取り出してそのページをめくる。それから、卓上のメモ帳にさらさらと何事かを書き付け、一枚破り取った。

「これが実家だ。店の名前も書いてある」

「ありがとうございます」

身体《からだ》が折れそうになるほど佐々木は深々とお辞儀《じぎ》をしたが、それでも、島崎は笑《え》み一つ作ろうとしなかった。

「康原を連れ戻せなかったら、おまえにはこの店を辞《や》めてもらう。――いいな?」

「わかってます」

佐々木は力強く頷《うなず》いた。

もとより、それくらいの代価は覚悟のうえだった。


週末の銀座《ぎんざ》は思っていた以上に人通りが多い。

琴美《ことみ》が歩きやすいように歩幅を調整しながら、吉野は半分は上の空だった。試写会は女性シェフが出てくるというラブストーリーでそこそこに面白《おもしろ》かったが、『全女性必見』という煽《あお》り文句のせいなのか、男性である吉野はほとんど感情移入できなかった。

「とりあえず、ここでいいよね？」

彼女が指し示したのはバーの看板だったが、異論はない。吉野が無言で頷《うなず》くと、琴美は主導権を握ってどんどん歩き出してしまう。

運よくたまたま席は二つ空《あ》いており、狭いカウンターに滑り込むことができた。

つまみにチーズの盛り合わせとカクテルを二つ選ぶ。似たようなカップルばかりいるこんな店、佐々木だったらきっと気後れしてついてこないだろう。

今日こそ、言わなくてはいけないのだ。

友達のままのつき合いはともかくとして、恋人にはなれない。よけいな気を持たせることのほうがずるいはずだ。

「あーあ、なんか納得いかないな。どうしてあそこで主人公は引いちゃうのかしら」

運ばれてきたモスコミュールを飲みながら、彼女はぷうっと唇《くちびる》を尖《とが》らせた。

「さっきの映画？」

集中しなくては。

瞳《ひとみ》も鼻の形も佐々木によく似ているけれど、顎《あご》のラインやふっくらとした頬《ほお》は佐々木のそれとは違う。彼女は佐々木とは違う。血は繋《つな》がっていても、別人なのだ。

「そう！　私だったら、仕事も恋愛もどっちも選ぶけど」

その台詞《せりふ》がぐさりと心に突き刺さるのは、きっとさっき試写会で観《み》た映画のせいだ。

自分よりも仕事を選んだ佐々木のせいじゃない。

吉野の沈黙に何かを感じ取ったのか、琴美は穏やかな様子で口を開いた。

「――仕方ないですよ、吉野さん。兄は仕事を取る人だから」

まるで知ったことのように琴美に言われて、吉野は思わず悲しげに口元を綻《ほころ》ばせた。

「そうだね……でも、だから俺は千冬を好きなんだ」

憎悪《ぞうお》も不満もわだかまりも、ある。

他人をそう簡単に許せるはずがない。彼にとって自分はどんな存在なのかと、仕事が手につかなくなるほど考えた。苦しくなるほど思い、悩み、悲嘆《ひたん》に暮れた。

「それって、どういうことですか？」

吉野の言葉を聞《き》き咎《とが》め、彼女は訝《いぶか》しげにこちらを見つめてきた。店の喧噪《けんそう》が、急に遠いもののように感じられてくる。

「まだ兄のことを好きだから、私には諦《あきら》めろってこと……？」

佐々木とは正反対に、琴美は聡明《そうめい》そのもので人情の機微《きび》には聡《さと》い。

なんの思惑《おもわく》もなく口走った言葉を追及されることになるとはつゆほども思っていなかったため、吉野は狼狽《ろうばい》したが、琴美の言葉には頷《うなず》く。

この優柔不断さを振り捨てて、自分は選ばねばならないのだ。

痛みを抱《かか》えたままもう一度佐々木の手を取るか、否《いな》か。

そのためには、お互いに深入りする前に、琴美の感情を友情レベルまで戻したかった。

「そうなんだ。本当はこんなかたちで言いたくはなかったけど」

「——ずるいんですね」

吉野の真意を汲《く》んだのか、琴美は小さな声で呟《つぶや》いた。

「ごめん……」

「すぐに謝るところも男らしくないし」

彼女なりにもショックを受けているのだろうか。吉野を責める台詞《せりふ》にはいつもほどの切れ味がなく、それがなおのこと吉野を狼狽《ろうばい》させた。

「でも、いつまでも君に期待させるほうが、ずるい気がしたから」

「そうやって自惚《うぬぼ》れてるのね。顔のいい男ってそういうところが憎らしいわ」

気を取り直したように琴美は小さく笑うと、吉野を上目遣《うわめづか》いに見上げた。

「けど、兄さんは頑固《がんこ》だから、一度別れるって言ったら、絶対、元に戻らないと思いますけど。私と吉野さんがつき合ってると思ってるし。兄さんとは、また元に戻ったわけじゃないんでしょ？」

「うん、残念ながら」

吉野は自分のカクテルグラスを手にすると、残っていたバラライカを一息に呷《あお》った。

「でも、俺は千冬を忘れられない。君といると、いつの間にか千冬のことばかり思い出してしまうんだ。君とはいい友達になれるとは思うけど、恋人にはなれない」

「純愛なんだかしつこいんだか、わかんないわ」

琴美は素っ気ない態度を装って、肩を竦《すく》めた。

「――でもまあ、吉野さんにつきまとっていたのは私のほうだし、お互いさまってところかな。痛み分けにしておいてあげます」

修羅場《しゅらば》というほどの修羅場ではなかったので、吉野はほっとする。

確かに佐々木が苦手とするだけ、彼女はドライなところがあった。

「兄さんと上手《うま》くいかなくなったら、また慰めてあげますね」

「ありがとう。電話するよ」

琴美のことは嫌いじゃない。できうる限り、穏やかにお互いを納得させたかった。

自分が求めているのは、結局、彼女の聡明《そうめい》さや利発さではなかった。佐々木の持つ、目には見えづらいいじましさと一途《いちず》さだったのだ。

琴美との気まずい会話を終え、吉野は真《ま》っ直《す》ぐに自宅に戻った。

誰もいない冷え冷えとした部屋に。

そうやって一つ一つのことを整理して、もう一度見つめ直したい。

未練《みれん》がましく真っ直ぐに向かうベクトルを。

帰宅した吉野がメールをチェックしていると、パソコンが音を立てる。

『leak』というシンプルなサブジェクトのメールに、吉野は眉《まゆ》をひそめた。

差出人の名前は仁科になっていた。

「なんだよ……」

小さく呟《つぶや》いて、受信トレイをクリックすると、簡潔な文面が現れた。

「いい情報をリークするから、電話をしろ……?」

リークするなら、メールだっていいじゃないか。どうやら吉野が膝《ひざ》を折って「教えてほしい」と頼《たの》むのを聞きたいらしい。

つくづく、嫌《いや》な根性の男だ。

それでも彼を拒みきれない自分自身の感情が、吉野にはわからない。

もちろん、仁科にも長所はある。

なんだかんだで面倒見はいいし、あれほど協調性のない佐々木を多少乱暴な方法ではあるが、なんとかしようとしているらしい。しかし、それと同様に短所を挙《あ》げれば枚挙にいとまがない。他人を駒《こま》のように弄《もてあそ》びたがり、本心を明かすこともない。プライベートは謎《なぞ》に包まれているし、恋人がいるのかすら聞いたことがなかった。

初対面のときに指輪はしていなかったので独身だとは思っているが、仁科のような男であれば、離婚歴があろうが隠し子が何人いようが、まったく不思議《ふしぎ》ではなかった。味方につければこのうえなく心強いが、敵には絶対に回したくない人物、それが吉野の評価だ。もっとも、彼が他人の味方になどなることがあるのか、吉野にはわからない。彼はその必要があれば己の心でさえもあっさり裏切ることだろう。

「くそ」

仁科の意のままに動く苛立《いらだ》ちに吉野は舌打ちをし、はずしたネクタイをかごに向かって放《ほう》り投げる。

見事に決まったミドルショットに、ちょっとだけ得意な気分になり、それで少し気持ちが晴れてきた。我ながら単純なものだ。

とりあえず、仁科に電話するのはシャワーを浴びてからでいいだろう。どうせ夜型のあの男が、もう寝たとは考えられなかった。いや、仁科が夜型というのはちょっと違う気がする。彼は睡眠時間が短いほうが体調がいいのだ。だから、夜遅く寝て朝は早い。

——仁科のことなんて、どうでもいいか。

手早くシャワーを浴びた吉野は、バスローブを引っかけて携帯《けいたい》電話を取り上げる。普通の電話のほうにも仁科の番号を記憶《きおく》させていたが、どっちだって大差はなかった。

「——遅かったな」

数コールで受話器を取った男の第一声は、そんなふてぶてしいものだった。

「こっちだって都合があるんだ。そっちの思いどおりに動くわけじゃない」

「それはどうだか」

倦怠《けんたい》を含んだ声だった。

「そっちはデート中だったとか？　それならかけ直すけど」

いちおうは気を遣《つか》っている素振りを見せる。仁科にはそんな気遣いすらできぬのだろう、と半分は忌々《いまいま》しく思いながら。

「いや、違う。それよりも、聞いてるか？」

「何を」

吉野の指が、こつこつと神経質に壁を叩《たた》いた。

「佐々木くんが明日、和歌山《わかやま》に行くそうだ」

和歌山という地名と佐々木の名前は、笑ってしまうほど結びつかなかった。

「どういうこと？」

「康原って名前は聞いてるか？　彼を迎えに行くそうだ」

「ええと、千冬の後輩だよね」

「彼が、佐々木くんを騙《だま》した相手を紹介した人物でね」

仁科の話では、佐々木を騙した男は康原の幼《おさな》なじみで、そのせいで彼らはかなりもめたのだという。佐々木は康原を許せず、また康原もそれを気に病んで店を休むようになり、それを咎《とが》められて佐々木は謹慎《きんしん》処分になったというのが、ことのあらましだった。

そもそもなぜ、佐々木は株になんて手を出したのだろう？

「でも迎えに行くってことは、千冬も康原さんを許したってこと？」

許せなくて当然のことだろうが、後輩を許せないからこそ佐々木は苦しんできたのだ。

吉野にもそれはよくわかった。

「それはどうかな。──まあ、とりあえず伝えたから」

「伝えたって、伝言を頼《たの》まれてるのか？」

「いや。でも君は、自分のあずかり知らぬところで事態が動いているとなったら、納得いかないだろう？」

「いかないけど……」

でも、仁科はいつだって、吉野の知らぬところであれこれ画策しているではないか。

そのことを指摘しようとしたが、それではかえってやり込められてしまいそうで、吉野はあえて沈黙を選んだ。

「とにかく、俺からはそれだけだ」

すると、仁科はあっさりと退散しようとする。おかげで吉野は慌《あわ》てて口を開いた。これでは仁科の真意は見えぬままだ。

「それだけって、リークは？」

「今、しただろう」

「したかもしれないけど、これじゃ足りないよ！」

吉野が情けない声をあげると、電話の向こうで仁科は声を立てて笑った。

「何が足りない？」

「何もかもだ」

そうじゃなくても、今日は琴美との気詰《きづ》まりな会話のせいで苛立《いらだ》っているのだ。

「そうか。だったらサービスして、もう一つリークしておこう」

もったいをつけた口調で彼は囁《ささや》くように告げる。

「彼、このごろバイトをしていたんだ。友達の紹介らしいんだがね」

バイト、だって？

あの佐々木の性格を知っているだけに、吉野の疑問は一気に膨《ふく》れ上《あ》がった。

「表参道《おもてさんどう》にある、キタヤマ亭って店だ。エリタージュ復帰までは続けるだろうから、一度食べに行ってやったらどうだ」

「――それは遠慮《えんりょ》しておきます」

即答しようと思ったが、一瞬の間ができてしまう。それをこの聡《さと》い仁科に悟られやしなかったかと、わずかな不安が脳裏《のうり》によぎる。

「そうか」

仁科はくくっとおかしそうに笑って、通話を終えた。

佐々木の中で、何かが変わろうとしているのかもしれない。
お互いが変われば、もしかしたらやり直せるのだろうか？
吉野もまた、佐々木に求めるものを変えさえすれば。

## 6

「すみません、コーヒーください」

ワゴンを押してコーヒーを売りに来た年若い女性販売員に五百円硬貨を渡し、佐々木《ささき》はそう頼《たの》む。

「ありがとうございます」

彼女はコーヒーを紙コップに注《つ》ぐと蓋《ふた》をして、ミルクと砂糖を差し出してきたが、佐々木はその両方を断り、釣《つ》り銭《せん》だけを受け取った。

新幹線で一度新大阪に行き、そこから、特急に乗り換える。和歌山《わかやま》駅に着いたら、バスに乗ればいいらしい。

康原《やすはら》の実家は、和歌山でベーカリーを営んでいる。

ベーカリーなんて立派《りっぱ》な代物《しろもの》じゃなくて、ただのパン屋ですよ、と彼は笑っていたが。

いずれは本格的なベーカリーレストランを開くのが、康原の夢なのだという。

だが、彼の話では、この深刻な不況のもたらした資金《しきん》繰《ぐ》りの悪化のために、その夢は儚《はかな》く消えてしまいそうだった。それをくい止めようとしてくれたはずの旧友にも裏切られ、康原はへこんでいることだろう。

悪いことを、した。自分はちゃんと彼に謝れるだろうか……？

「あつ」

熱いコーヒーが舌先に触れて、佐々木は思わずそう呟《つぶや》いた。まるで吉野《よしの》の唇《くちびる》に触れたときみたいに、舌が痺《しび》れる。あの感触を思い出し、佐々木は赤面した。

新幹線に乗るのは、ずいぶんと久しぶりだ。土曜日の昼間は空《す》いているのか、佐々木の隣《となり》はちょうど空席で、そのことが有り難かった。

まるで早送りされていくフィルムのように流れていく景色を見送るのにも飽き、佐々木は目を閉じる。

いつだって自分は、そのときだけの一時的な判断に囚《とら》われて動いてしまう。

一時の激情に駆られて、康原をここまで追いつめてしまった。料理人としての資質を判断することは佐々木には難しかったが、素直《すなお》な彼のことだからきっといい料理人になることだろう。だとしたら自分は、将来のフレンチ料理界に必要な芽を一つ、無造作《むぞうさ》に摘《つ》み取《と》ってしまったのかもしれない。

誰にも、他人の人生を変える権利などないというのに。

だが、結果としてはレピシエのことだって、短慮で動いてしまった。

――吉野は？

懐《なつ》かしいかつての恋人の名前を思い浮かべるだけで、佐々木の胸は切なく疼《うず》いた。

本当はいつだって、自分はどこかで待っているのかもしれない。あれほど残酷《ざんこく》に切り捨てておきながらも、吉野にもう一度会いたいと思っている。

恋よりも仕事を選んだくせに、馬鹿《ばか》げたことだ。

佐々木が生きているだけで、ただ呼吸をしているだけで自分は吉野を傷つける。

そうとまで言われて吉野の腕に縋《すが》れるほど、佐々木は愚《おろ》かになれなかった。

仁科《にしな》の言うとおり、自分はもう、吉野に近づく資格なんてないのだ。

どんなに彼を愛していても、必要だったとしても。

吉野を愛していればこそ、仁科への誓いを全《まっと》うしなければならなかった。

それに、彼は結局自分を許してはくれない。そんな相手が目前に現れれば、憎しみを抱くに決まっている。そしてきっと吉野は、そんな醜《みにく》い感情を抱く己を呪《のろ》うのだ。

どうあったって自分の存在は、優しすぎる吉野を傷つけるだけだ。

だから、会わない。――いや、会えないのだ。

考えてみれば、仁科への誓いは、自分の気持ちを強く持つためには好都合だった。

彼に誓ったという大義名分《たいぎめいぶん》があればこそ、佐々木は自分を納得させることができた。

吉野に会えないのは、自分のせいだけじゃない。上司の命令があるからこそ、会ってはならない。もう彼のぬくもりを求めてはいけないのだと。

それに、彼には琴美《ことみ》がいる。自分によく似た妹が、そばにいるのだ。

自分らしい、ずるすぎるごまかし方だった。

うとうととしているうちに、気づくと京都駅だった。ここから新大阪までは、すぐだ。

佐々木は少ない荷物とおみやげを手元に下ろすと、緊張に身を硬くした。

新大阪で特急に乗り換え、和歌山に着いてからもバスに揺られる。そこまでは時刻表で調べたとおりに行くことができた。

「……ここか」

康原の実家は商店街にある、小さな店だった。ぱっと見た感じで不潔な印象はないが、確かに外見は古ぼけている。競争力は低そうだ。

都内にある華《はな》やかな店を見慣れた佐々木にしてみれば、今時こんなクラシカルな店もあるのか、という申し訳ない感想しか抱くことができなかった。

すうっと深呼吸を試みる。

康原は自分を、許してくれるだろうか。

誰だって、自分が否定されるのは怖《こわ》い。

たとえば、佐々木は仁科のことが好きではなかった。彼が恐ろしかった。

それはいつも、仁科が佐々木のことを言下《げんか》に否定してかかるからにほかならない。

一片の情もなく切り捨てるせいだった。

でも自分は同じことを、康原にしてしまった。彼のことを一言もなく切り捨てた。価値がないものとして見捨ててしまったのだ……。

意を決して足を一歩踏み出すと、のたのたと自動ドアが開く。

「いらっしゃいませ」

中年の女性が、はっとしたように顔を上げて佐々木に声をかけてきた。

店内は思っていたよりもずっと清潔だった。ただ、置いてあるパンの種類はあまり多くない。人手が足りないせいなのかもしれないが、これでは人々は飽きてしまうだろう。

それでも店のどこもかしこも清潔で、つぶれる寸前には見えない。それだけ愛情を持ち、時間をかけてこの店を守ろうとしているのだと、佐々木は直感した。

「あの、俺……」

店内に康原の姿が見当たらないので、佐々木は仕方なくどこかくたびれた様子の中年女性に声をかける。確かに面差《おもざ》しがどこか、康原に似ているのかもしれない。もっとも、人づき合いの苦手な佐々木にしてみれば、それを判断するすべはなかったが。

「はい？」

「康原、いませんか。俺、東京のエリタージュって店の……」

「あ……もしかして、先輩の佐々木さん？」

まさか自分の名前を知られているとは思わず、佐々木は狼狽《ろうばい》して頷《うなず》く。彼女は困惑《こんわく》と羞恥《しゅうち》を露《あらわ》にし、カウンターに額をすりつけるようにして頭を下げた。

「すいません、このたびは……うちの学《まなぶ》のせいで！　学の母親です」

学という名前が、咄嗟《とっさ》に康原とは結びつかなかった。だが、話の流れからすぐに彼女が康原の母親だと気づき、佐々木は慌《あわ》てて首を振った。

まさか、彼女が康原の母親だとは思わなかった。佐々木の母親はもっと若々しく綺麗《きれい》で、こんなふうにくたびれた様子ではない。

「あ、えっと……違うんです」

「お金のことなら、うちでなんとかしますから。もう少し待っていただけませんか」

また言葉が引っ込みそうになったが、佐々木は必死で誤解を解こうと首を振った。

「いや、その、金のこととかじゃなくて、俺、あいつに謝りに来たんです」

佐々木の台詞《せりふ》は、彼女に不審《ふしん》を抱かせるには充分だったらしい。確かに、この場合は立場が逆だ。

「え？」

「俺、謝りたくて。康原に」

「だって迷惑《めいわく》をかけたのは、うちの馬鹿《ばか》息子でしょう」

「けど、俺のせいで康原、エリタージュに来なくなっちゃったから」

佐々木は口ごもりつつも、懸命に言葉を探した。

初めてできた後輩だった。店のことを教えたりするのは人づき合いの苦手な佐々木には困難だったが、それでも後輩がいることは嬉《うれ》しかった。いろいろ教えたかったし、素直《すなお》に懐《なつ》かれると、悪い気はしなかった。

「あいつの先輩なのに、俺、何もできなかった」

訥々《とつとつ》と言葉を紡《つむ》ごうとし、佐々木は何度もつっかえた。

彼女にそんなことを言っても仕方なかったのだが、誰かに言いたかった。

吉野は今、そばにいないから。

自分の言葉に耳を傾けてくれる人が、誰でもいいから欲しかった。

それが吉野であれば、どれほどよかっただろう。

「謝りたくて、来たんです。あいつと、もう一度同じ厨房《ちゅうぼう》に立ちたくて」

言葉が出ない。喉《のど》に引っかかった言葉を、気管にたまったままの音を発するすべを知らず、佐々木は俯《うつむ》いた。

「――本当ですか？」

予期せぬ方角から声をかけられて、佐々木ははっと顔を上げる。そして、レジの奥の厨房への出入り口に視線を向けた。

そこには、エプロンをつけた康原が立っていた。手は小麦粉にまみれており、汗《あせ》だく

だった。厳しい顔つきは精悍《せいかん》さすら帯びており、佐々木は緊張に身を強張《こわば》らせた。

「康原……」

まさか、店の奥に彼がいるとは思わなかった。どうすればいいのかわからず、佐々木はかあっと頰《ほお》を染める。

康原は何かを言おうとしたのか、口を開く。それでも彼は何も言えずに顔をくしゃっとさせると、泣きだしそうになり、慌《あわ》ててごまかすように首を振った。

「本当だ。俺、おまえに教えてやってなかった。料理、楽しいって。すごく好きなのに、おまえには……」

嫌《いや》なことばかり教えてしまった。

苦しさや辛《つら》さ、もどかしさばかり。

大切な誰かに、大事なお客さんに味わってもらうことは、こんなに嬉《うれ》しくて、胸が弾《はず》む。それほど誇《ほこ》らしい行為は、ほかにない。

なのに。

「だから、またエリタージュに来ないか」

「――」

康原は何も言わない。

佐々木だって、一度で彼を説《と》き伏《ふ》せられるとは思わなかった。だが、それでも伝えたい言葉がある。教えたい気持ちがある。

そうやって他者と感情と感情を通じ合わせることが、言葉の意義だ。

吉野のように、くちづけを手段とすることではわかり合えないから。

「一緒《いっしょ》に料理、しないか。おまえは嫌《いや》かもしれないけど、でも、俺は、おまえが一緒だと、すごく……嬉《うれ》しい」

すらすらと淀《よど》みなく言葉が出てきたことが、自分にも驚きだった。喉《のど》の奥に詰まっていたみたいな言葉が、兎《うさぎ》みたいにぴょんと飛び出した。

「俺が悪かった」

すうっと謝罪の言葉が出てきた。身構えるまでもなく、すんなりと。

「先輩に謝られると、俺、すごく……困ります。お金のこともあるし」

本当に途方に暮れたように康原が呟《つぶや》いたので、佐々木は「すまない」と言う。

「あ、いや、そういうんじゃなくて。なんだか、嬉しくて。不謹慎《ふきんしん》ですよね、俺」

しばらく俯《うつむ》いていた康原は、今にも泣きだしそうな表情で笑った。

「俺、でも戻れるのかわかんないです。ずいぶん長く、店を休んじゃったし」

「シェフはおまえのこと、待ってる。金のことは後で考えよう」

今ならば、佐々木にもわかる。謹慎しろと言われた理由も、その期間を終わらせるための解答も。

張りつめたような沈黙のあと、康原は大きく頷《うなず》いた。

「――わかりました。俺、なるべく早くエリタージュに戻ります。島崎《しまざき》シェフにも電話しますから」

望んでいた言葉は呆気《あっけ》なく手に入った。

はじめから、こうすればよかったのに。

どうして自分は、そんな単純なことさえわからなかったのだろう……？

「許して、くれるのか」

声が掠《かす》れた。

「当たり前です。俺、もう、エリタージュにいられないって……思って、それが辛《つら》くて」

康原が涙を拭《ぬぐ》うために目元をこすると、白い粉が顔についてしまう。パントマイムの道《どう》化師《けし》を思い出し、滑稽《こっけい》な光景の喜びと切なさに胸が詰まった。

「佐々木さんこそ、泣いてる」

「え……あ、ほんとだ……」

「意外と涙もろかったりするんですね、先輩も」

「……るさい」

毒《どく》づきながらも、それが口先だけだということがわかっていた。

「料理、好きなんです。パン作りも好きだけど、やっぱりフレンチとか、憧《あこが》れだったたから、また作りたくて。でも、佐々木さんのことを考えると、戻りづらかったし」

穏やかな笑顔《えがお》。

「今日、日帰りとかじゃないですよね？　ホテル決まってないなら、うちに泊まってってくださいよ」

そこで初めて、佐々木は何も考えずにここまで来たことに気づいた。

「けど……」

「忙しいんで、観光とかは案内できないけど」

店のことはいいのか、と訊《き》こうと思ったのだが、彼の母親がいる手前では訊きがたい。はにかんだように俯《うつむ》いた佐々木を見て、康原もまた視線を落とした。

「金のことはなんとかなりそうだから、気にしないでください」

彼はそう言って、佐々木の背中をぽんと叩《たた》いた。

あたたかな掌《てのひら》だった。

他人にこうして触れられることを久しく忘れていたような気がして、佐々木はどんな表情を作ればいいのかわからなかった。

「……なんか嬉《うれ》しそうだね、仁科さん」

フローリングの床に座《すわ》り、ソファに上体を預けた体勢の成見《なるみ》が上目遣《うわめづか》いにこちらを見上げてくる。

「そうか？」

「うん。すごく楽しそう」

仁科は微《かす》かに笑って、成見の頭をくしゃっと撫《な》でた。めくっている事業計画書は、すでに最終チェックの段階だった。

「今度はなんの計画？」

「前にも教えただろう。新しいビストロだよ」

「ああ、あれ？」

美しい年下の恋人は、仁科の言葉に艶《つや》やかに口元を綻《ほころ》ばせた。

「そういうことばっかりやってるから、アンビエンテのほうはおざなりになっちゃってるんだ？」

成見の指が徒《いたずら》に仁科の腿《もも》に触れ、指先でそのラインを描《えが》く。官能を予期させる仕草は、仁科の性感を煽《あお》るためのものだ。

「アンビエンテはおまえたちに任せてるだろう？　三号店の候補は決まったのか？」

「まだ。今、テナント探してる段階だし」

「ほら。だったら人のことをとやかく言うな」

「仁科さんが全然手伝ってくれないのが悪いんだよ？」

その会話も、成見は半分は上の空だと仁科は知っている。彼が求めているのは、言葉ではなく肌《はだ》で感じる直截《ちょくせつ》な刺激だった。

「オフィスの連中をサポートにつけてる。それで文句はないはずだ」

「だからって」

「将来独立したいんじゃなかったのか？」

「――」

ぐうの音も出なくなった成見は、一瞬、唇《くちびる》を尖《とが》らせる。

すっかり大人びて成長してしまった飼い犬の見せたわずかな動揺《どうよう》に、仁科は思わず口元を綻《ほころ》ばせた。

「だって、仁科さんがやってるビストロ作りだって、結局佐々木さんたちへの嫌《いや》がらせなんでしょ？」

「人聞きの悪いことを言うな。純粋な投資だよ」

「俺には、わざと佐々木さんたちを邪魔《じゃま》してるようにしか見えないけどな。このあいだも、佐々木さん泣きそうだったよ。仁科さんのオフィスのところで会ったけど」

「いいだろう、そんなことは」

鬱陶《うっとう》しい話題になりそうだったため、仁科はそれをうち切ろうとした。

「ダメだよ。あんまり吉野さんたちのこと虐《いじ》めてると、また絶交されちゃうよ？　そのうち刺されたって知らないから」

「それくらい波乱があったほうが有り難いね」

仁科がそう嘯《うそぶ》くのを聞いて成見は目を細め、手に持ったビールの小瓶《こびん》にじかに口をつける。それを呷《あお》ると、彼の喉仏《のどぼとけ》が微《かす》かに上下した。

「懲《こ》りないんだ。吉野さんに殴《なぐ》られたくせに」

「当たり前だ」

「だったら、お仕置きしなくちゃね……？」

立ち上がった成見はビールの瓶をテーブルに置き、仁科に覆《おお》い被《かぶ》さるようにしてその首に腕を回してくる。

薄く筋肉がついたしなやかな身体《からだ》を抱き留め、仁科は低く嗤《わら》った。

「どうして？」

「みんなに迷惑《めいわく》かける悪いヒトには、罰が必要なんだよ」

成見が身を屈《かが》め、濡《ぬ》れた唇《くちびる》で言葉の一つ一つを囁《ささや》いてくる。

誘い方だけは一人前になったものだ。

「なるほど。おまえに搾《しぼ》り尽《つ》くされるってわけか」

「正解。すごいお仕置きでしょ？」

艶《つや》めいた笑《え》みを見せると、成見は仁科の首筋に唇《くちびる》を押し当ててきた。

「ビールとか、飲みますか？　自動販売機あるし、買えると思うけど」

「いや、酒はいらない」

佐々木は首を振った。

近くに神社があるんですよ、と康原に誘われて、散歩に行くことにしたのだ。いくら和解したとはいえ、彼の家族に囲まれているのは気詰《きづ》まりだった。

並んで歩くと、康原の腕が何度か身体《からだ》に当たり、そのたびに二人で適当な距離感を調整する羽目《はめ》になった。

「おまえの母親、方言とかしゃべらないんだな」

「ああ、お袋はもともと東京の人間だから」

退屈《たいくつ》な情報の交換だった。本題に入るのは気鬱《きうつ》で、佐々木は話を引き延ばしにかかる。そうでなくとも口べたな自分にはそれは苦痛だったが、仕方ない。

石段を上がっていくと、小さな社が見えてくる。上がりきったところの土手で康原は進路を変え、そこに座《すわ》った。

「俺、ちっちゃいころはよくここの境内で遊んでたんです。一人で」

「――」

「もちろん夕方は友達もいるんだけど、やっぱり塾とかあるし。俺は勉強嫌いだったけど、親は忙しいから帰ったって誰もいないし」

座《すわ》り込《こ》んだ土手で草をぶちぶちとむしり、康原はそれを風に飛ばす。わずかに肌寒《はださむ》さを感じたが、佐々木はそれを彼に訴えることはなかった。もう少しだけ、この明るい後輩の昔話を聞いていたかった。

「でも、店に行くと両親が一生懸命働いてるし、ときどき食わせてくれる焼き立てのパンがめっちゃくちゃ旨《うま》いんですよ。うちはホテルブレッドは昼と夕方の二回出すから、ちょうどそのころなんていい匂《にお》いがするんです」

想像がつく。幸せをいっぱい、その場所に詰め込んだように。あたたかな匂《にお》いがする店。それは佐々木が求めてやまない幸福の構図でもあった。

誰の心にもきっとある、理想の食卓というもの。

「焼き立てのパンって幸せの匂いっていうか……俺には家族の匂いです」

「……そうか」

「だから、絶対に諦《あきら》めたくなくて。店も、俺の夢も。それで佐々木さんのこと巻き込んじゃって、俺……馬鹿《ばか》だけど」

馬鹿だから、責められていいわけじゃない。愚《おろ》かさは確かに恥ずべきことだ。だがそれ以上に憎むべきは、この愚直《ぐちょく》で人の好《よ》い青年を騙《だま》したあの男だった。友情を踏みにじり、蹂躙《じゅうりん》した相手こそが。

「おまえが、馬鹿《ばか》なわけじゃない」

「でも、口車に乗った俺が悪いし」

「だったら次は騙《だま》されなければいい」

佐々木は短くそう言いきった。

人の心にはこれほどたくさんの感情が溢《あふ》れるのに、なぜ唇《くちびる》を震わせる音はほんのわずかなのだろう。

ときどき佐々木はもどかしくなる。

吉野にそうしたように、くちづけですべてを伝えることはできない。

人と人はいつも言葉を使い、そのささやかな手がかりを頼《たよ》りにわかり合おうとする。求め合おうとする。

たとえば今、佐々木が康原を許そうとしているように。

そしてまた、康原が自分を許そうとしているように……。

「あ、でも先輩、店はいいんですか？」

「……え？」

「俺のこと迎えに来るなんて、店休んでるんでしょう？」

「それは……いいんだ。少し頭冷やしたかったし」

妙に歯切れの悪い言葉に康原は不審《ふしん》そうな表情を向けたが、佐々木は何も答えなかった。あたりは闇《やみ》に覆われ、やけに澄《す》んだ空には星明かりが光る。

「そろそろ、戻りましょうか」

「うん」

佐々木はこっくりと頷《うなず》いた。

神社の石段をおぼつかない足取りで一段一段降りているうちに、つるっと足が滑った。

「あっ」

驚いて声をあげた佐々木に向かって、康原が急いで手を伸ばす。

肩を摑《つか》まれた。

肉に指が食い込むのではないかと思うほどの、強さで。

「あ、すいません。思いっきり摑んじゃった」

「悪い」

こんなときにも、比べてしまう。

吉野の力強い手。しなやかな腕と。

「いいけど……先輩、細身のわりには筋肉ついてますよね。まあ、毎日あんな重い鍋《なべ》振り回して、肉とか魚運んでればそうなりますけど」

あの緊張感に溢《あふ》れたエリタージュの厨房《ちゅうぼう》を懐《なつ》かしむように、彼は声を立てて笑う。その屈託《くったく》のない声に佐々木は確かな安堵《あんど》を見出していた。

「――ありがとう」

不意にそんな言葉が零《こぼ》れ落ちてきた。

自分でも恥ずかしくなるほど、唐突に。

「え？　え？　な…んですか、突然」

感謝の言葉をめったに口にしない佐々木のそれに驚いたのか、康原の声は上擦《うわず》っている。おかげで、佐々木も自分らしくないことを言ったと恥ずかしくなってきた。

だが、そう口にしたかったのだ。

「先輩なのに、俺は……おまえに教えられてばっかりだ」

思わず拗《す》ねているみたいな口ぶりになってしまい、佐々木は内心でしまった、と思う。

ここで康原の心に負担を与えるつもりなどなかったのだ。

「な、なんか、怖《こわ》いですよ。佐々木さんがそうやって穏やかなのも」

「なんだよ」

むうっとして、拗ねた声が漏れた。

「いや、もちろんそんなに怖いわけじゃないですけど、でも」

しどろもどろになって康原は言葉を繋《つな》ぐ。

誰かとわかり合う。理解し合う。許し合う。自分は一人じゃないと、知る。

それが、他人と関《かか》わるということなのだろう。

「なんからしくないですよー」

わざとらしく間延びさせた語感に彼のささやかな気遣《きづか》いを感じ取り、佐々木は一瞬口を閉ざした。

「とにかく、早く戻れよ」

「はい！　あ、でもシェフに迷惑《めいわく》かけたこと、謝るのが先ですよね」

康原は華《はな》やいだ声でそう言って、「よーし」と己に喝《かつ》を入れるかのように、自分の左手を右の拳《こぶし》でがつんと叩《たた》く。

ぱん！　という小気味のいい音が、路地で響いた。

# 7

翌朝、整理のためにもうしばらく実家に留《とど》まる康原《やすはら》を置いて、佐々木《ささき》は東京へと戻った。康原を説得できたことをエリタージュに報告しなければならないし、そうであればキタヤマ亭も辞《や》めなければならない。

あのビストロが、好きだった。

本来ならば佐々木はもう用済みとなるのだが、辞めたくなかった。せっかく自分の居場所を見つけたような気持ちになったのに。

和歌山《わかやま》から帰ってきた足で、佐々木はキタヤマ亭に向かう。

裏口からキッチンを覗《のぞ》くと、ドアの開閉に気づいた北山《きたやま》がこちらを振り返った。

「佐々木くん、早かったですね」

自分の姿を認めて、彼の口元が綻《ほころ》ぶ。それがとても、嬉《うれ》しかった。

「思ったより早く、用が済んで……店に戻ることに、なれるみたいだから」

「そうですか。じゃあ、そろそろこの店ともお別れですか？」

「大丈夫ですよ。鵜飼《うかい》も週末から入れるって言ってましたし、塔子《とうこ》も暇ですし。人手って意味では平気ですから、今日で最後にしましょう」

ただ、と彼は付け加える。

「うちにいてくれて、佐々木くんはすごく楽しそうだったので……なんか、行かせてしまうのも忍びないかと。ちょっと自惚《うぬぼ》れてますが」

北山が笑うと、ふわっと目元が和《なご》む。厨房《ちゅうぼう》の中では「佐々木」と少し乱暴に呼び捨てにされるので、どちらかといえばそちらのほうが嬉《うれ》しい。だが、そう言えなかった。

「と、とりあえず今日はちゃんと手伝っていきます」

つかえながらそう伝えるのを聞いて、彼は穏やかに頷《うなず》いた。

「最後ですけど、よろしくお願いします」

「あの、でも最後で、いいんですか」

途切れ途切れの言葉は、今にも泣きだしそうな潤んだ感傷《かんしょう》と一緒《いっしょ》に飛び出してきた。

「いいんですよ。ありがとう、佐々木くん」

どうして自分の周囲にいる人たちは、こんなにも優しいんだろう。

世の中にはたくさん悪い人間がいて、凶悪な事件も起きて、ろくに道も安心して歩けないと嘆《なげ》く人もいる。ニュースに疎《うと》い佐々木でさえも、この世界が歪《いびつ》なものになっていることを知っていた。

なのに、佐々木を取り巻く人々はあまりに優しく、佐々木を見つめてくれているのだ。

「店長、まだぁ？」

間延びした塔子の声に、北山は急いで「はいはい」と返事をした。

「じゃ、先に行ってますから」

「はい」

……おかしい。

せっかくエリタージュに戻れる日がやってきたというのに、自分はちっとも嬉《うれ》しいと感じていない。それどころか、淋《さび》しさと悲しみを感じている。

それでも佐々木は己の気持ちを奮《ふる》い立《た》たせ、厨房《ちゅうぼう》に立とうとした。

しかし、一度抱いてしまったささやかな違和感は、佐々木がその日キタヤマ亭の厨房を出るまで、ずっとつきまとっていた。

店の営業は九時過ぎには終わり、十時には片づけは終わった。

「本当は打ち上げとかしたいんですが、佐々木さんも明日からはエリタージュに戻るんでしょう？　あまり引き留めることはできませんし、また後日、改めてお招きします」

「いや、そんなの……俺……」

しどろもどろになって佐々木はそんな仰々《ぎょうぎょう》しいものを断ろうとした。自分のほうが、世話になった。ここではいろいろなことを学んだのだ。

それに、キタヤマ亭を離れるのが嫌《いや》で、まだ島崎《しまざき》には連絡を入れていなかった。

「すごくお世話になってしまったけど、感謝してるんです」

「——こっちこそ、ありがとうございました」

北山に、いやこの店と客に教わったことは計り知れない。客と向き合うことを忘れかけていた佐々木に、大切なことを取り戻させてくれた。

いつもそこに、食べてくれる相手がいる。

自分の料理を美味《おい》しいと信じてくれる相手が。

「あ、そうだ。これ、餞別《せんべつ》です」

北山が照れくさそうに差し出した袋を佐々木は両手でしっかりと受け取る。

「開けて、いいですか?」

「ああ……ええ、どうぞ」

わずかな躊躇《ためら》いに不審《ふしん》を感じてそれを開けようとしたとき、皿を片づけていた塔子がぷっと吹き出した。その中に入っていたのは、『キタヤマ亭』という勘亭流《かんていりゅう》のロゴが入ったお世辞《せじ》にもセンスがいいとは言えないエプロンだった。

「これは……」

「以前、開店五周年のお祝いに作ったんですが、どうも人気がなくて……もらってくれる人がいなかったものですから、何かの記念に」

なぜかめちゃくちゃ余ってるんです、と心底不思議《しんそこふしぎ》そうに北山は首を傾《かし》げる。

「――はあ」

思わず笑いだしたくなったが、佐々木はわずかに口元に力を入れることでそれを堪《こら》えた。笑うことなんて、自分らしくなかったからだ。

「駅まで送りましょうか？」

「いえ、いいです。また何かあったら、連絡ください」

佐々木はぺこっと軽く頭を下げると、裏口の扉を開ける。雨上がりの路上はまだ濡《ぬ》れており、湿った空気がどちらかといえば少し気持ちよかった。

――吉野《よしの》に会いたい……。

ここから彼のマンションまで、歩いて十分とかからないはずだ。

今日を逃してしまえば、表参道《おもてさんどう》に来ることなんて、もうめったにない。

不意にそう思ったが、その感情を佐々木は打ち消す。

康原に許されたからといって、何をいい気になっているのだろう。

彼が許してくれただけで、もう充分だ。

自分は吉野に会わないし、会う資格だってどこにもない。

「……馬鹿《ばか》だな」

自嘲《じちょう》とともに、佐々木は己の感傷を切り捨てようと試みた。いつまで経《た》っても吉野を忘れられない自分が、愚《おろ》かだった。自分には打ち込める仕事がある。それで充分だ。

路地を抜けるようにして車道に出て、佐々木は目を見開いた。

吉野が、いた。

幻を見ているのではないか。そう思えるほどの、絶妙なタイミングだった。

闇《やみ》の中ですら方角を示す星のように、光輝《こうき》すら帯びる相変わらずの美貌《びぼう》。

そう、彼は星よりも清《さや》かで太陽よりも眩《まぶ》しかった。

かつての恋人に半分は見惚《みと》れかけながらも、佐々木は掌《てのひら》をぎゅっと握り締め、彼の傍《かたわ》らを無言で通り過ぎようとした。

「お腹《なか》が空《す》いてるんだ」

単刀直入、ムードの欠片《かけら》もない言葉だった。

「営業時間は終わった」

「だったらテイクアウトしたい」

「表にファーストフードがある」

「違う。君を、だよ。——千冬《ちふゆ》」

彼の舌に載《の》せられただけで、自分の名前はこんなに甘いものになる。

凍《い》てついた季節を示す、冷たくて退屈《たいくつ》な音の連なりでさえも。
「話があるんだ。来てくれないか、一緒《いっしょ》に」
聞きたくはなかった。佐々木は首を振り、吉野の前から逃げ出そうとした。
なのに、竦《すく》んだように身体《からだ》が動かなかった。
愛《いと》しさのほうが先に立つ。まるで磁力に引かれるように、吉野から離れられない。
自分のずるさも醜悪《しゅうあく》さも、よくわかっていた。
だから、これ以上吉野と関《かか》わりたくない。
少しでも関われば、自分はもっと彼を傷つけるだろう。
もう傷つけたくないと、だから会えないと、他者にまで誓ったのに。
呼吸をするだけで、吐息を触れるだけで、吉野はきっと痛みを感じるに違いない。
自分のことを忘れてしまう、その日まで。
己の頑固《がんこ》さゆえに、吉野を苦しめるのは百も承知だった。
だとしたら、振り向かないほうがいいのだ。あの腕に縋《すが》ることなどあってはいけない。
「愛してる」
彼の美しい声が明瞭《めいりょう》な発音で、その言葉を形作った。
この世界で一番美しい人。優しい人。
誰よりも愛しい、永遠の恋人が。

「愛してるんだ、千冬。離れてるのは、もう我慢できない」

「何を……」

吉野に出会った瞬間から、何もかもが変わってしまった。

頑《かたく》なだった佐々木の世界をやわらかな薄膜《うすまく》で包み、彼は世界を優しく変えてしまう。

この世界はあまりに、あまりにも美しいのだと教えてくれた。それは幼《おさな》なじみで佐々木が家族のように愛し続けた如月《きさらぎ》睦《むつみ》にさえ、できないことだった。

「君には仕事が一番大事で、その邪魔《じゃま》になるから恋なんてしたくないって言うなら、俺が代わりに君に恋をする。君の分まで、俺が何度だって恋に落ちればいい」

佐々木は歯を食いしばり、目をぎゅうっと閉じる。

「永遠に、何度でも君を好きになるから」

振り返ってはいけない。

もっと傷つけてしまう。自分から捨て去ったあの腕に戻ることなんて、できない。

二度と会わないと誓ったのだ。

彼を傷つけたくないから、この先はずっと一人で歩いていくと。

「だから、千冬。君が俺をまだ必要としてくれるなら……もう二度と離さない」

なのにどうして、その声はそんなに優しいのだろう……？

強い確信に満ちた言葉は、わだかまりも怒りも悲しみも憎悪《ぞうお》も溶かしてしまう。

吉野の優しさはいつも佐々木を甘やかす毒《どく》なのに。

その優しさが、愛情が、佐々木をダメにしてしまうのに。

愛《いと》しい人。愛する人。

あなたがいなくては、この世は絶望と闇《やみ》に覆われた世界でしかない。

佐々木はゆっくりと、本当にゆっくりと振り返る。

「……泣かせちゃった？」

泣いていない、と言いたかった。

だけど、涙が溢《あふ》れて。零《こぼ》れて。

ただただ、佐々木の頬《ほお》を濡《ぬ》らす。涙腺《るいせん》が壊れてしまったのだろうかと、狼狽《ろうばい》するほどの量の涙が。

「俺で、いいのか」

振《ふ》り絞《しぼ》るようにして、佐々木は乾ききった声で尋《たず》ねた。

「君だからいいんだよ」

「あんたを、傷つけるのに」

「君に傷つけられるなら、怖《こわ》くない」

痛くないなんていうごまかしを口にしない、そんな吉野の真摯《しんし》さが好きだ。

「俺は料理を選んだんだ……」

「君は、無理に恋愛を一番にしなくたっていい。お互いに仕事と恋愛の優先順位が違うのは当然だよ」

それでも素直に彼に応《こた》えられず、佐々木はなおも口を開く。

「あんたを失《な》くすのが怖《こわ》い……」

「だったらもう、離れなければいい」

この人の、全部が好きだ。どこもかしこも。

もちろん認められないところも短所だってあることもわかっているのに、それでも。

好き——。

「全部君がくれるんだ。君を愛するための力も、傷を癒《いや》すための力も、全部。君と、君の食べさせてくれる料理が、何もかも作ってくれる」

そう囁《ささや》いた吉野は手を伸ばして、佐々木の身体《からだ》をぐっと抱き寄せる。

いつになく強引《ごういん》な吉野のその行為が、佐々木にはたまらなく嬉《うれ》しかった。

彼の胸に身体を預け、佐々木は瞳《ひとみ》を閉じる。

恋は愚《おろ》かなものだ。

あまりにもありふれたその感情こそが、理性も判断力もすべてを奪っていく。

だけど、奪われてもいいと思った。何もかも失ってもいいと思った。

こうして彼を抱き締めることができるなら。それが許されるなら。

だからもう、逃げるのはやめよう。

何もかも忘れたくても、この愛は捨てられないとわかってしまった以上は。

他人に甘やかされないことが強さなのではなく、己の弱さを知っていて、傷つけ合うのを恐れずに立ち向かうことが強さなのだ。自分はそれを求めていけばいい。

きっとこの愛が、佐々木を強くしてくれる。

愛を失うのは怖《こわ》いけれど、そこから逃げられないほど、自分は吉野を愛しているから。

佐々木は何も言わずに、吉野を抱く腕に力を込めた。


佐々木の手を引いて部屋までの道のりを歩くあいだ、吉野は不安でたまらなかった。

愛《いと》しい相手を、もう一度この手に摑《つか》まえた。

だが、何かふとしたきっかけでその幸福な夢は壊れてしまうかもしれない。

たとえば、彼の手を摑む指に力を込めたときに。

だけど、この指の力を少しでも緩《ゆる》めれば、佐々木は手の中からするりと姿を消してしまいそうで怖かった。ずいぶんと相反した感情だ。

「——お腹《なか》、空《す》いてる？」

我ながら退屈《たいくつ》でいかにも間延びした問いかけに、吉野は内心で舌打ちをする。

案の定、佐々木は何も答えようとはしなかった。

本当は、佐々木が働いているというキタヤマ亭に入ってみたかった。

しかし、自分のいない場所でのびのびとやっている様子の佐々木を見るのが怖《こわ》くて、吉野には外で待っていることしかできなかった。自分がいないところで佐々木が羽を休めることができるなら、その場を奪いたくはなかった。

人にはいくつもの場所が必要なのだ。

自分を鼓舞《こぶ》し、勇気づけるべき場所や、安らぐための場所が。

何も答えない佐々木の腕を引いて、エントランスを抜ける。エレベーターで四階に上がると、吉野は鍵《かぎ》を開けるために初めて佐々木の手を離した。

ドアを開けて、佐々木に「どうぞ」と大仰《おおぎょう》な仕草で一礼してみせる。

「……いいのか」

「いいに決まってるじゃないか」

取り戻せるか、わからなかった。

優しくできるのかも。

「俺のこと、許せないんだろ」

吐き捨てるように言われた言葉さえ、強がりと不安定な感情に彩《いろど》られているようだ。

「うん」

「だったら、なんで」

「許せなくても、それでも俺は千冬を好きだから」

吉野はあっさりとそう告げると、佐々木の背中を軽く押す。それにつられて佐々木が二、三歩足を進めたので、吉野もその後ろから玄関に入るとドアを閉めた。

まだ気後れしているのか、佐々木はいやにゆっくりとスニーカーを脱ぎ、玄関に上がる。以前使っていたスリッパは彼が出ていったときに持っていってしまったから、客用のものを出すと、佐々木は複雑なまなざしでそれに視線を落とした。

「何か、作る」

ぶっきらぼうな口調で佐々木は言うと、キッチンへ向かう。冷蔵庫を開けてから、一瞬何か言いたげに口を開いた。ここのところ自炊《じすい》なんてものはしていなかったせいで、冷蔵庫に入っていたのはビールやミネラルウォーター、それにチーズなどのちょっとしたつまみ程度のものだったから、呆《あき》れてしまったのだろう。

「食事なんて、いらない」

吉野はそう呟《つぶや》くと、佐々木を背中からそっと抱いた。

「いらないから、君を食べさせて」

こうして彼を抱き締める吉野の腕の力を、佐々木も感じてくれているだろうか？

緩《ゆる》めることも強めることもできない、この矛盾した感情を。

彼の前に回り込んだ吉野は、腕を放してそっと佐々木の顎《あご》を両手で包み込んだ。

「なら……飯にすればいいんだろ」

え、と声を漏らすよりも先に、佐々木が吉野をソファに突き飛ばしてきた。

「わっ」

おかげでキスをするいとまさえ、ない。どさっとソファに身体《からだ》を投げ出されるかたちになり、吉野は狼狽《ろうばい》したまなざしを佐々木に向ける。

「好きなだけ、食えばいい」

佐々木はそう囁《ささや》くと、身を倒して、吉野の唇《くちびる》に自分のそれを押し当ててきた。思っていたよりもずっと、情熱的で甘い唇だった。

「千冬」

これまでにこんなに狂おしいキスをされたことがあっただろうか？

体液という名の蜜《みつ》を貪《むさぼ》り合《あ》い、舌を絡《から》ませ、呼吸のあいだにまた唇を寄せる。

佐々木の体重のすべてを受け止め、吉野は彼の肢体《したい》を抱き締めた。

「もう二度と離れない。離れるなんて言ったら、一緒《いっしょ》に死ぬよ……？」

「わかってる」

ソファの背にもたれるようにしてわずかに身体を起こした吉野は、佐々木の右手を掴《つか》む。そして、壊れものに触れるように、指の一本一本に恭《うやうや》しくキスをした。

夢にまで見た愛する人が、ここにいる。

もう二度と手放さない。誰にも渡したりしない。


目を覚ました佐々木は、半分夢うつつで相手のパジャマに顔を擦《こす》り付《つ》ける。

それから、はっとして顔を上げた。

「いてっ」

佐々木の頭が思いきり顎《あご》に当たったらしく、吉野の悲鳴が聞こえて佐々木は思わず「ごめん」と言ったきり口ごもる。

「おはよう、千冬」

唇《くちびる》を額に軽く押しつけられて、佐々木は赤面した。

初めて吉野の腕の中で目覚めた日のことを、思い出した。あのときの自分は他人と体温を分け合うのは初めてで、わけもわからずに吉野の前から逃げ出そうとしたのだ。

どうやって顔を合わせればいいのか、わからなくて。

でも今だって同じ戸惑《とまど》いを感じている。いや、吉野と朝を迎えるたびに、自分は戸惑ってばかりいたものだ。

「今日、仕事？」

「……いや」

明日からでいいと思う、と佐々木は呟《つぶや》いた。

吉野に借りたロングスリーブのシャツはぶかぶかで、清潔な洗剤の匂《にお》いがする。自分がいないあいだも吉野は普通に暮らし続けていたのだ。

「身体《からだ》、平気？　久しぶりだったでしょ」

「――平気だ」

ある意味であまりにも直截《ちょくせつ》な吉野の言葉をなんとか受け流し、佐々木は真っ赤になって吉野を見上げた。

二人の関係を、もう二度と修復できないと思っていた。

なのに、美しい彼のセピア色の瞳《ひとみ》には、自分が映っている。

「キスして、いい？」

控《ひか》えめに尋《たず》ねられて、佐々木は微《かす》かに俯《うつむ》く。

それを了承のしるしと取ったのか、吉野は佐々木の唇《くちびる》を軽く啄《ついば》んだ。

「もう一度一緒《いっしょ》に暮らそう。全部やり直そう、千冬」

吉野の言葉は自分も待ち望んでいたはずのものだったが、いざそれを与えられると、佐々木はそれに素直《すなお》に頷《うなず》けなかった。

「……それは」

「何か問題があるの？」

「定期が、あるし」

佐々木がそう呟《つぶや》くと、吉野は困ったように笑う。まるで子供にそうするように視線を合わせてきて、彼は口元を綻《ほころ》ばせた。

「いいじゃない、定期くらい払い戻せるよ」

そう言われると反論できなくなりそうだったが、定期よりもずっと大きな問題があった。

「琴美《ことみ》の、ことは？」

「ただの友達だよ、どうして？」

吉野のその言葉を、信じよう。佐々木はそう心に決めた。

だいたいずるいんだ。吉野は。

こんなに綺麗《きれい》だから、佐々木を惑《まど》わせる。

誰よりも綺麗で、優しくて、どうしようもなく愛《いと》しい相手だから。

胸がぎゅうっと痛くなって、佐々木はいたたまれずに吉野の顔に手を伸ばした。

# 8

「……なんだ、もう、よりを戻したのか。つまらないな」

仁科《にしな》はさもがっかりしたとでも言いたげな口調になると、事務椅子《いす》に寄りかかる。

仕事の帰りにふらりと吉野《よしの》のオフィスを訪れた仁科は、誰もいないオフィスで残業している吉野を食事に誘おうと決めたようだ。

すっかり居座《いすわ》ってしまい、物珍しそうに狭いオフィスを眺《なが》め回《まわ》す。

頼《たの》まれていた書類をメールしてしまえば終わりだったが、人がいるとそれなりに気が散ってしまう。ほかにもリプライしなくてはならないメールがいくつかあったのだが、こちらは家で返信をすることに決めた。

「――仁科さん。わざわざ人のオフィスに来て、そんなことを話しに来たんですか？　仕事の打ち合わせかと思えば」

「君と仕事の話なんてしても仕方ないだろう」

原田《はらだ》の席に座った仁科は、不機嫌な顔つきで腕組みをした。

「仕方ないっていうのは、ちょっとひどいな」

仁科は相変わらず上質のスーツを着こなし、口元には笑《え》みすら湛《たた》えている。一分《いちぶ》の隙《すき》もない彼の外見から職業を推測しろと言われても、それは無理なことだろう。堅気のサラリーマンにはとても見えないが、それでいて崩れたところもない男だった。

「もう少し楽しませてもらおうと思ったのに、可愛《かわい》げのない」

「たまには仁科さんの予想外のこともしないとね」

嫌味《いやみ》のつもりで吉野がそう口にすると、仁科はこちらに視線を投げかけた。

「まったく、気の利《き》かない無粋《ぶすい》な男だな。せっかくこちらは、君たちの公害みたいな痴話《ちわ》喧嘩《げんか》の禍根《かこん》を断ったつもりだったのに」

先ほどからつまらないつまらないと繰り返している仁科は、吉野たちが復縁《ふくえん》したことにがっかりしているらしい。彼が子供のように拗《す》ねていることに気づき、仁科にもこんな人間的な一面があるのかと吉野は別の意味で驚かされた。

もっとも、どうして仁科に自分たちの不幸を願われなければいけないのかと、そう思えば腹が立つ。仁科の特異な精神構造を知っていたとしても、だ。

「これに懲《こ》りたら、もう俺たちを引っかき回すのはやめてください。そうそうあなたの思いどおりにならないってわかったんだから、これでいいでしょう」

「何を言ってるんだ。俺の楽しみを奪った罪は大きい。少し罰を受けてもらわないとね」

ですから」

「勘弁《かんべん》してくださいよ。俺も千冬《ちふゆ》も、あなたを愉《たの》しませるために生きてるわけじゃないんですから」

思いもかけず哀れっぽい声が出てしまい、吉野は自分でもばつが悪くなる。

しかしそれは、半分は本気の哀願だった。

どうしてこう、仁科が自分たち二人のことをかき乱したがるのか、理解できなかった。

この男の精神構造はひどく特殊《とくしゅ》だ。他人の理解なんてものを、端《はな》から拒んでいるのだ。

「だからって、俺の楽しみをぶち壊しにする必要はないだろう」

「じゃあ、言わせてもらいますけどね」

仁科があまりにも残念そうに言うので、吉野の腹の底にあった怒りが不意に煽《あお》られ、思わず不快そのものといった様子で声を荒らげてしまう。

「あなたのせいで俺は、料理評論家の大滝《おおたき》さんに口説《くど》かれたんですよ？」

「ああ、それか」

仁科はぷっと吹き出して、意味深な視線を向けてきた。

「大滝が惚《ほ》れ直《なお》したって言ってたぞ。君は、今時珍しく純愛してるって」

「……え？」

「薬膳《やくぜん》だったそうだが、座敷の隣《となり》には真っ赤な布団《ふとん》が用意されてたっていうじゃないか。たまには佐々木《ささき》くん以外の相手としてみるのも、いい経験だったのに」

「冗談《じょうだん》じゃないっ！　俺には男を襲う趣味《しゅみ》はない!!」

見た目はダンディで恰幅《かっぷく》のいい紳士《しんし》だったが、まさかそこまで周到に用意していたとは。あそこで情に流されて留《とど》まったりしなくてよかったと、吉野は心底安堵《あんど》した。

吉野があまりにも顕著《けんちょ》な反応を見せたため、仁科はそれはそれで面白《おもしろ》い気分になってきたらしい。立ち上がると、吉野の傍《かたわ》らにやってきて、吉野の鋭角なカッティングで象《かたど》られた顎《あご》を二本の指先でくいと持ち上げた。

そして、至近距離で視線を合わせ、口元を綻《ほころ》ばせる。

「じゃ、君には襲われる趣味ならあるのかな？　佐々木くんに襲われていたなんて、知らなかったぞ」

「馬鹿《ばか》も休み休み、言ってください」

冷えきって凍えたまなざしに見つめられ、なぜか声が震えた。

これでは蛇《へび》に睨《にら》まれた蛙《かえる》だと、すぐに余裕を取り戻した吉野は自嘲《じちょう》した。

仁科は吉野の顎を摑《つか》んだまま身を屈《かが》め、耳元で囁《ささや》いた。

「襲ってやろうか、ここで」

鼓膜《こまく》を震わせるその低い音の羅列《られつ》に、吉野は微《かす》かに身を強張《こわば》らせた。仁科の声の中に、およそ冗句《じょうく》とは思えぬほどの揺るぎないものを感じたせいだ。

「……だから、そういう冗談は……やめてくださいって」

「なるほど、だいぶ懲《こ》りたみたいだな」

すぐに仁科は身を起こし、吉野の額を指先で小突いた。

「何か旨《うま》いものでも奢《おご》ってやるよ。薬膳《やくぜん》でも食べて元気を出すっていうのはどうだ？」

「薬膳は懲り懲りです」

憮然《ぶぜん》とした顔で吉野が言ったため、仁科は声を立てて笑った。

「――で、佐々木くんとは一緒《いっしょ》に暮らしてるのか？」

「いえ、まだです」

吉野は首を振った。

荷物を持ってくるのにはまだ少し時間がかかる。佐々木もあらかたの荷物を自室に運んでしまっていたため、吉野の部屋で暮らす準備はできていなかった。

「まったく君たちはくっついたり離れたり、忙しいな」

「でも、もう二度と別れるつもりはありませんから」

「どうかな。人生、試練がいくつもあったほうが山あり谷ありで面白《おもしろ》いだろう？」

「冗談《じょうだん》じゃない」

吉野は本気で毒《どく》づいた。それに気づいたのか、仁科はおかしそうに笑う。

「しかし、そんなふうに簡単に元に戻れるものなのか？」

「……何が？」

意味ありげなものを感じ取って、吉野は不機嫌な様子で振り返った。

「君たち二人だよ。一度別れたものを、糊《のり》でくっつけるみたいに簡単に修復できるなんて思ってるわけじゃないだろう？　一時の情熱でよりを戻すのは簡単だが、問題はその先だよ。冷静になってから先のほうが、長いんだ」

痛いところを衝《つ》かれてあっという間に喉《のど》が苦しくなったが、吉野はその動揺《どうよう》を懸命に押し隠した。

「仁科さん。俺たちの絆《きずな》を馬鹿《ばか》にしないでくれませんか」

「絆？」

まさしく小馬鹿にするように、男は口元を歪《ゆが》める。

「それはまた、面白《おもしろ》い冗談《じょうだん》を聞いたな」

仁科はにやっと笑って、吉野を小突いた。

「だが、そういう人間ほど脆《もろ》い。相手を信じる人間が一番強く、そして信じるからこそ脆いんだ」

まるで予言めいたその言葉に、吉野は腹を立てるよりも先にぞっとした。

すべてを見透かしているような声だった。

明るく振る舞っていても、自分の心を蝕《むしば》む不安までは消せやしない。

吉野にも、わかっているのだ。

『元恋人』から、『恋人』にラベルを貼《は》り替《か》えるのは簡単だと思っていた。だけど、心に染みついた痛みがそれを許さない。

謝罪と許容という単純な方程式で恋を取り戻せるのか、そのことに自信がないのは自分たち二人のほうだった。

エリタージュにこうしてやってくるのは、久しぶりのことだ。

門をくぐってペーブメントを歩いていると、後ろのほうから「佐々木さーん」という明るい声が聞こえてきた。

「康原《やすはら》」

「おはようございます！」

自分に向けられる、屈託《くったく》のない笑顔《えがお》が眩《まぶ》しい。康原のその明るさは鈍感さの裏返しではなく、寛容さの表れなのかもしれない。

「家は、いいのか？」

挨拶《あいさつ》もねぎらいも口に出せるほど素直《すなお》ではなく、まるで憎まれ口みたいに佐々木はぶっきらぼうに訊《き》いた。

「はい。今日から佐々木さんが復帰って聞いたんで、俺も急いで帰ってきました。先輩、俺のせいで謹慎《きんしん》になったなんて、早く教えてくれればよかったのに」

「……」

言えるはずがなかった。後輩の康原に、そんな惨《みじ》めなことは伝えられなかった。

「俺が気にするかも、とか思って言わなかったんなら、そんなの先輩らしくないですよ」

「悪かったな」

佐々木が小さく毒《どく》づくのを聞いて、康原はおかしそうに笑った。

裏口の扉を開け、ロッカールームに顔を出す。

およそ三週間ぶりに足を踏み入れたロッカールームでは、すでに出勤してきたほかのスタッフたちが着替えており、佐々木たちの姿を見て目を見開いた。

「康原、元気だったか？」

「はい、ご迷惑《めいわく》をかけて申し訳ありませんでした」

康原が殊勝《しゅしょう》に頭を下げるのを後目《しりめ》に、佐々木も自分の荷物をロッカーに放《ほう》り込《こ》む。島《しま》崎《ざき》には今日から復帰したいと電話で連絡をしてあったが、また顔を合わせるのかと思うと、気が重かった。

「佐々木！　もう謹慎、終わったのか？」

「……いちおう」

佐々木がこくりと頷《うなず》くと、彼らは「よかったな」と口々に祝福をしてくれる。だが、彼らを一概《いちがい》に仲間として信用することはできなかった。

ほかのスタッフは、佐々木を仲間として認めてくれてはいない。それは自分の口べたできつい性格も災いしているのであろうが、それだけではないはずだ。どこかに自分と他人のあいだには目に見えない壁がある。

料理をしているあいだは、その不協和音が目に見えて生じることはない。

しかし、このチームプレイが必要な場所で、一番大切なものを佐々木は手に入れることができていなかった。

厨房《ちゅうぼう》という同じ場所に立ちながらも、自分たちは決して仲がいいわけではない。どちらかといえば料理人はそれぞれに個性が強く、頑固《がんこ》な人間が多い。島崎のようにカリスマ性のあるシェフが束《たば》ねることはできても、それぞれ下で働く者同士がお互いに親しくつき合えることなど、稀《まれ》だった。

狭いながらも北山《きたやま》と二人で働いた、あの小さな店が懐《なつ》かしい。

エリタージュのような本格的なフレンチとは無縁《むえん》のビストロだったが、佐々木はあの店にこそ安心させられた。ああして、穏やかな店で働きたかった。

そう考えると、胸がずきりと痛くなってきた。

この店に合わないのでは、ないか。本当は自分はエリタージュのような場所には相応《ふさわ》しくないのではないか。

考えるたびにごまかしてきたその疑念が、また膨《ふく》らもうとしている。

しかし、だからこそ自分はここで働く価値があるはずだ。自分にはないエッセンスを学び、取り入れる。そこにこそ修業《しゅぎょう》の理由があるはずだった。

「佐々木さん、どうかしました？」

「いや、なんでもない」

佐々木は首を振り、康原に「行こう」と告げる。その台詞《せりふ》を聞いて康原は一瞬目を丸くし、そして破顔した。

フロアにはすでに島崎やほかのスタッフが集まっており、のろのろと着替えているあいだに後れをとってしまったらしい。

佐々木と康原がようやくそこに到着すると、島崎が「遅い」と言ってこちらを睨《にら》みつけてきた。

「すみません」

佐々木は素直《すなお》に頭を下げ、フロアに立つ。間もなくミーティングが始まり、島崎からメニューの簡単な説明と予約客の紹介があった。

「……それから、今日から佐々木と康原が復帰することになった。いろいろ慣れないこともあるだろうから、フォローしてやるように。二人とも、メニューは皆に訊《き》いてくれ。いいな？」

島崎の言葉に誰ともなしに、「はい」という返事があがる。

これからまた、この店で働くのだ。

ミーティングのあと、佐々木は掃除している最中のフロアを覗《のぞ》き込《こ》む。ぴかぴかに磨《みが》き込《こ》まれた家具にグラス、真っ白なテーブルクロス。テーブルにそれぞれに飾られた小さくて洒落《しゃれ》たフラワーアレンジメント。

およそ考えうる最高の素材を使った、最高の料理。それこそがこのエリタージュで供されるものであった。

「何をぼんやりしてるんだ？」

背後から島崎に声をかけられて、佐々木は背筋をぴんと伸ばした。

「いえ」

「早く厨房《ちゅうぼう》に行け。それともこの店のやり方なんて忘れてしまったのか？」

「……はい」

学び取れることはすべて学び尽くし、自分の糧《かて》にする。佐々木に必要なのは先を急ぐことではない。

店での信頼《しんらい》関係も最初から作り出さなくてはいけないし、何よりもわからないレシピや何かは人に訊《き》かねばならない。

厨房はコンソメやフォンの匂《にお》いに満ちており、懐《なつ》かしい嗅覚《きゅうかく》への刺激に身が引き締まる気がした。

「舌平目《したびらめ》の付け合わせ教えるから、ちょっとこっちに来て」

スーシェフの清水佳美《しみずよしみ》に呼ばれて、佐々木ははっと顔を上げた。彼女はこの店の唯一の女性従業員で、佐々木を敵視している節がある。なのに、自分から料理を教えてくれるなんて、どういう心境の変化なのだろう。

「え？　俺？」

「あんた以外に教えなくちゃいけないやつがどこにいるのよ。とろとろしてるなら、私にはほかの仕事があるんだけど」

「あ、すみません。お願いします」

佐々木はぺこりと頭を下げる。

「何よ……気持ち悪い」

清水は口ばかりは嫌《いや》そうだったが、それでもまんざらではないらしい。

「あんたがいないと、嫌味を言う相手がいなくてつまんないわ」

そう呟《つぶや》くと、「そこの人参《にんじん》取って」と言った。

今日からまた、清水とあれこれと小競《こぜ》り合《あ》いをしながら生活するのだ。だが、それも悪くはないのかもしれない。

何事も、一つ一つが積み重ねだ。気持ちを引き締めて、頑張《がんば》らなくてはいけない。

しかしその一方で、立ちこめる不安は消えなかった。

人間関係も恋人との絆《きずな》も、接着剤ですべてを元どおりにするなんてことが、できるわけがない。

粉々に砕《くだ》いたパーツはいくつかが行方不明で、佐々木は戸惑《とまど》いを隠せずにいる。

強くなるために吉野の優しさは毒《どく》だと振り捨てた。だからこそ、今さらのように、彼に甘えてしまう自分が嫌《いや》だった。

一緒《いっしょ》に暮らそうなんて、そんなことを言わないでほしい。

時折会って、彼が自分を抱き締める。くちづけて、触れてくる。

それ以上の幸せはない。

本当は四六時中だって一緒にいたいけれど、一緒にいればきっとどこまでも違和感がつきまとう。自分が壊してしまった幸福の形を求めて、苦しまずにはいられなくなるのだ。

理屈《りくつ》なんてどうだっていいじゃないか、と吉野は言う。

愛情があってお互いを求めているのならば、何も怖《こわ》いものはないはずなのだと。

——だから、わからない。

自分が恐れているものの正体が、佐々木には見えなかった。

「千冬、今日はどうだったの？」

軽く耳を噛《か》んでやると、佐々木はびくんっと竦《すく》み上《あ》がる。そのあまりにも過剰《かじょう》な反応に、佐々木に触れるのは久しぶりだったろうかと吉野は不審《ふしん》を覚えた。

しかし、そういうわけでもないはずだ。

最後に佐々木を美味《おい》しくいただいたのは、つい二日ほど前のことだ。

歯止めが利《き》かなくなるほど彼を毎日貪《むさぼ》りたかったが、吉野なりに自制しているのだ。

「ねえ」

佐々木を後ろから抱き込むかたちでソファに座り、吉野は恋人の重みを全身で引き受ける。抱き留めたその身体《からだ》は、はっとするほどあたたかい。

「何が？」

「仕事。エリタージュに行くの、久しぶりだったんでしょ？　康原さんとか、スーシェフの清水さんだっけ？　あの人とは上手《うま》くやれてるの？」

「……べつに」

佐々木の言葉は手短なものだったが、彼はそう不機嫌ではないようだ。居心地が悪そうに何度か身動きをしたが、吉野には離すつもりがないらしいと悟ると、そこで抵抗を諦《あきら》めおとなしくなった。

出会ってからの期間の積み重ねで、吉野は少しずつ佐々木の心情を推《お》し量《はか》るすべを覚えた。佐々木は人一倍不器用で、上手《うま》く自分の考えを人にわからせることができない。それを知っているから、吉野は多くのものを要求しないことにしていた。それは諦念《ていねん》ではなく、一緒《いっしょ》にいるための一つの技術だ。

佐々木は吉野の掌《てのひら》にそっと自分の手を重ね、黙り込む。

そんなささやかな仕草にさえ、吉野の心は愛《いと》しさと癒《いや》しとで満ちていくのだ。

離れていた期間を思い出すことは、もうしない。

なぜ株に手を出したのかとか、そういうことも当分訊《き》くつもりはなかった。

完全に元どおりにならなくても、それでもかまわないのだ。

今、もっとも大切な人がここにいる。

自分の膝《ひざ》に確かな重みとぬくもりを伝え、ここにいてくれる。

その事実に勝る贅沢《ぜいたく》など、どこにもなかった。

「引っ越し、いつにしようか」

吉野がそう言うと、佐々木は不思議《ふしぎ》そうにこちらを振り返った。そして、そこから立ち上がろうとしたので、吉野は慌《あわ》てて彼の腕を引いた。

どさっと音を立てて、佐々木がソファの上に倒れる。

「引っ越しって？」

「この部屋に、戻ってくるでしょう？　通勤もそのほうが便利だし」

組み敷いた佐々木を見つめて、吉野はうっとりと微笑《ほほえ》んだ。

「困ったな。もう、千冬を食べたくなった」

「よせよ……」

「嫌《いや》なら、本気で抵抗して」

彼の唇《くちびる》に、指先で戯《たわむ》れに触れる。乾いた唇をなぞっていると、佐々木は仕方なさそうに目を閉じた。

「君がいけないんだ」

佐々木の頬《ほお》を舐《な》めて、吉野はそう囁《ささや》く。そのあいだにもしっかりと彼の服を脱がせる作業を怠《おこた》ることはなかった。

「……なんで、っ」

誘うように色づいた胸の突起を軽く摘《つま》むと、それだけで佐々木の身体《からだ》は言うことを聞かなくなってしまうらしい。

抵抗らしい抵抗はなくなり、喘《あえ》ぎながら吉野の首に縋《すが》り付《つ》いてきた。

「いつも、君はこんなに美味《おい》しいから」

佐々木に責任を転嫁《てんか》し、吉野は微笑する。

「待てって……まだ、話が……」

「話って？」

「だから……その、俺、あんたと一緒《いっしょ》には、暮らせない」

話が途中で終わったことに対し、狼狽《ろうばい》したように佐々木が言葉を紡《つむ》ごうとする。

「まだそんなこと言ってるの……？」

声を立てて笑い、吉野は佐々木の瞼《まぶた》にそっとくちづけた。

そんなつまらない他愛《たわい》のない戯《ざ》れ言《ごと》なんて、聞いてやる必要はない。

くだらない言葉に怯《ひる》むつもりなんて、ない。

今はもう、食べ頃になるくらいに熟れた肢体《したい》をどれほど貪《むさぼ》ろうと、吉野の自由だ。彼がこの部屋にいる限り、佐々木という美味《おい》しい食材を調理するのは吉野の腕の見せどころなのだから。


「さて、と」

仁科は小さくそう呟《つぶや》いて、脚を組んだまま椅子《いす》を回した。

予想外に早く吉野と佐々木がよりを戻してしまったため、仁科の思《おも》い描《えが》いていたプランは変更を余儀《よぎ》なくされてしまった。

もっとも、あの二人の関係を思えばこそ、完全な訣別《けつべつ》などないとわかっていた。

だからこそ恋を失った絶望に苦しむ吉野たちを楽しく観察できたし、佐々木をたきつけて面白《おもしろ》がることもできた。

「……よけいなことを」

まったく、面白くないことをしてくれる。

あと少し愉《たの》しませてくれればいい。

今の仁科の人生はつまらないものだった。突飛《とっぴ》な行為で自分を愉しませてくれる人間はごく一握りしかおらず、仁科はいつも退屈《たいくつ》している。

とりあえず、店の計画を早めるとするか。

雨宮《あめみや》のために作ると決めた店だ。

せっかく彼の同意を取り付けたのであれば、少しでも早く形にしたかった。

結局自分は、あの底の見えない不可思議《ふかしぎ》な男を気に入っているのかもしれない。あれほど熱心に口説《くど》き落とそうとすることはめったになかった。

そのとき応接室のドアがノックされ、次いでかちゃんとドアノブが回される音が聞こえてきた。

「お待たせして申し訳ありません」

返事を待たずしてドアが開き、この店の料理長である島崎が顔を出す。

「いや、かまわない。俺が突然来ただけだからな。電話で済むなら電話でもよかったんだが、店の雰囲気《ふんいき》を見たかった」

「いつも気にかけていただいて、光栄です」

「心配してるんだ。そう受け取ってほしいね」

つまりは島崎に任せきりでは、仁科の心が安まらないということだ。冗談《じょうだん》めかしてそう伝えると、仁科は島崎の顔を見て破顔した。

「どうだ、スタッフは」

「まあ……そうですね。そこそこにはまとまってます」

「彼は？」

「――ええ、まあ。普通です」

「どうした。いやに歯切れが悪いじゃないか」

仁科の問いに、島崎は視線を逸《そ》らしたまま答えようとしなかった。

「この期《ご》に及んで、やはりこの店に置いておくには値しなかったなんて言うつもりか？」

「いえ、そういうわけでは」

否定はしているものの、思ったとおりどことなく答えにはキレがない。いったい彼に何があったのかと、仁科は訝《いぶか》しむことしかできなかった。しょせん、経営者の仁科から見れば、店の中で行われることはすべて、閉所での密議に等しい。何があったかと正確に把握《はあく》するのは難しかった。

「だったら、何が問題なんだ？」

「とりあえず今は、ブランクを埋めようと必死のようです」

「だろうな」

仁科は同意した。

「ソーシエになるべく、頑張《がんば》っているようです。しかし、ソーシエになるにはポストがない。当分空《あ》かないでしょうしね」

「……なるほど。運のないやつだ」

その地位に相応《ふさわ》しい実力があっても、ポストがなければ意味がない。

「まだソーシエになれるとは決まったわけじゃありませんよ。ただ、可能性はあるというだけです」

「わかっている」

仁科としても、他人の資質と才能をただ無邪気《むじゃき》に信じていられるほど若くはなかった。資質がある人間ならば、誰かがそれを伸ばしてやる必要があった。ことにそれが、己の処し方すらわからぬ者であれば。

「少し時間が必要です。場合によっては、あと何年かは」

「そうだな……」

彼の言葉に半分は上の空で答え、仁科は自分の指先で髪をさらりと掻《か》き上《あ》げた。

軽く首を振り、島崎の瞳《ひとみ》を見据《みす》える。

「だったら、渡りに船というものかもしれないな。少し頼《たの》みたいことがある」

「私に、ですか？」

「ああ、そうだ。あの康原ってコミも戻ってきたんだろう？　ちょうどいい」

「……はあ」

島崎は怪訝《けげん》そうな腑《ふ》に落ちぬとでも言いたげな表情になり、仁科を睨《にら》み返《かえ》した。

「また何か思惑がおありなんですか？」

「大丈夫、君には迷惑《めいわく》をかけないよ。まあ、そう怯《おび》えるな」

仁科は低く嗤《わら》うと、応接室の中でわずかに視線を巡らせた。

「それならいいんですが」

いつでも手を汚すのは自分一人でいい。他者に憎悪《ぞうお》されるのは、仁科だけでよかった。己にどんな望みがあるかすら自覚はしていなかったが、こうして一つの局面を動かすのは仁科には向いている。それだけの資質があった。

「オーナーは政治家あたりが向いてらっしゃるんではありませんか？」

「なるほど、それは面白《おもしろ》いな。フードプロデューサーに飽きたら、それも考えよう」

島崎の社交辞令をあっさりと受け流し、仁科はひっそりと微笑《ほほえ》んだ。

誰にも仁科のことは理解できない。理解させるつもりもない。ただ己が生きていくために一番楽しい方法を選ぶ。それが仁科の流儀だった。

料理長室をあとにした仁科は、人のいなくなったフロアでぼんやりと座《すわ》り込《こ》んでいる佐々木の姿を認めた。

「――どうした」

声をかけてやると、彼はびくりと身を竦《すく》ませる。仁科を睨《にら》みつけようとしたらしいが、それは失敗に終わったようだ。

佐々木は弱い調子でまなざしを床に落とした。

おや、と仁科はその仕草に不審《ふしん》を覚える。だがそれを口に出すことはない。

「べつに」

「そういえば、吉野とまたよりを戻したんだって？　おめでとう」

皮肉に満ちた声で言うと、佐々木はまなじりをつり上げてこちらを振り返った。

「なんだ、そんなに怖《こわ》い顔をするなよ」

「あんたには関係ない」

「――そうかな」

仁科は低く笑った。

「厚顔無恥《こうがんむち》という言葉を知ってるか？　君にぴったりだ」

「……っ」

がたんっと佐々木は勢いよく椅子《いす》から立ち上がる。そのせいで、クラシカルなフォルムをした椅子《いす》が音を立てて倒れ、床に転がった。

「考えるまでもない。自分のために吉野を捨てたくせに、それが上手《うま》くいかなくなると、またあの男のところに戻る。振り回される人間の身にもなってみろ」

「うるさいっ」

「今さらあいつのところに戻ってどうなるっていうんだ。何か解決するのか？」

仁科は笑《え》みを湛《たた》えて、佐々木の肩を摑《つか》んだ。

「また吉野を苦しめるのか」

悪魔《あくま》のように甘い声で、仁科は佐々木を容赦《ようしゃ》なく断罪する。

それは仁科にしかなしえぬことだった。

「……うるさい」

佐々木は力なく首を振り、そして倒れてしまった椅子を直す。

その哀れな姿を見ながら、仁科は内心で彼を嘲笑《あざわら》った。


——千冬、もう部屋を引き払う準備したでしょ？

吉野のあの言葉が佐々木の脳裏《のうり》に蘇《よみがえ》る。

いちおう、引き払う一か月前には通告するという約束になっている。佐々木だって昨日、契約書を穴が空《あ》くほど読み返した。

「くそ……」

仁科がその場を立ち去ったあと、佐々木はのろのろと帰り支度を始めた。

戻る資格が、あるのか。

吉野のところに。

あるはずがないと知っている。

ばらばらの心を無理に継《つ》ぎ合《あ》わせたって、同じ形のオブジェにはならない。どこかに綻《ほころ》びができたままだ。その場所からもう一度ひびが入り、それは再び壊れてしまうかもしれない。

お互いの気持ちが同じものに戻れないと知っているからこそ、佐々木には吉野との生活が怖《こわ》かった。どこかに無理があるに決まっているのだ。

愛を失うのが怖くてそれを捨てるほど、自分は弱くて臆病《おくびょう》なのだ。

もう一度それが破綻《はたん》したとき、自分はどうすればいいのだろう。

目を閉じて夢を見るみたいに、あの日々に戻りたい。

いざやわらかな日々を取り戻せると思った瞬間から、自分は足を竦《すく》ませている。

「……あ」

気がつくと、エリタージュを出た佐々木は、表参道《おもてさんどう》ではなく乃木坂《のぎざか》で下車していた。

ここにやってきた理由は、一つしかない。

きっと自分は如月《きさらぎ》に会いたいのだ。

道に迷うたびに、自分は如月に頼《たよ》ってしまう。

それでも真《ま》っ直《す》ぐに如月の部屋に行くほどの勇気はなく、佐々木はわざと遠回りをして、近場の公園を抜けていくことにした。公園というにはみすぼらしく、敷地も狭い。おまけにブランコと滑り台しかないのだが、一休みをするにはちょうどいい。

そう思いながら公園に近づいていくと、驚いたことに、そこには先客がいた。

如月だった。

ブランコを漕《こ》ぎながら、彼が何か歌っている。歌詞まではわからないが、ひどく頼《たよ》りなげな様子に昔の幼《おさな》なじみを思い出し、佐々木の胸はかすかに痛んだ。

誰にでもこんな夜は、あるのだろうか。

自分の行き先がわからなくて、ただ無性に気持ちばかりが焦《あせ》ってしまい、叫《さけ》びだしたくなる。誰かの声を聞きたくて、触れたくて、縋《すが》りたくなる。そんな夜が。

頼りない月明かりに照らされた魔法《まほう》のように。

「……あれ、千冬？」

不意に如月が佐々木の存在に気づき、笑った。どこか淋《さび》しげな表情だった。

「どうしたの？　珍しくない？」

「顔、見たくなった」

「よくここがわかったね。すごいなあ」

　何かフォローのための言葉が欲しかったが、口べたな佐々木にはどうにもできそうにない。黙ったまま、もう一つのブランコに腰かけた。

「吉野さんとは、仲直りしたんだって？」

「知ってたのか」

「うん、まあ」

そういう噂《うわさ》ってなぜか入ってくるんだよね、と如月は鷹揚《おうよう》な口調で言った。

「おまえはなんでこんなところにいるんだ？」

「まあ、いろいろあるけど……ちょっと疲れたなあって」

ふふ、と如月は声を立てて笑った。

そういえば如月は、仁科の経営する『リストランテ高橋《たかはし》』でアルバイトをする傍《かたわ》ら、専門学校に行って簿記《ぼき》やら何やらを習っているのだ。

どうせ彼の自由意思で働いているのだからと気にしないようにしていたのだが、もしかしたら、如月も必死に頑張《がんば》るという日々に疲れ始めているのかもしれない。

「レピシエを再開させようって頑張ってるでしょ、僕たち。けどさ、全然夢が実現しないから……嫌《いや》になってきちゃった」

「…………」

　返す言葉が、なかった。

　吉野との恋に溺《おぼ》れるばかりで、自分は如月ほど必死になっていなかったかもしれない。そう思えてしまったからだ。

「僕の根気がないだけだって、わかるんだ。大学卒業してたまたまお店持てちゃって、いい気になってたら大切な店をつぶしちゃったわけでしょ。今度はちゃんと準備しなくちゃって思うんだけど……なんか、ずっと頑張《がんば》ってるのって疲れるよ」

　そこまで言ってから、如月は佐々木の表情に気づいて「ごめん」と呟《つぶや》く。

「千冬も頑張ってるのに、愚痴《ぐち》っちゃってごめんね。明日からは、またちゃんと頑張るよ。レピシエは、僕の夢だから」

「——ああ」

「千冬は、どうなの？　僕に話があるから来たんでしょう？」

　吉野と一緒《いっしょ》に暮らす気になれないのだと相談しに来たことを、佐々木は改めて恥じた。

　如月は自分の中にこんなにも苦しい思いを抱《かか》えているのに、一人でそれを乗り越えようとしている。それなのに年長者のはずの自分は、一人で痛みを抱えることに耐えきれずに、如月を頼《たよ》りにしようとしていたのだ。

　やはり、自分は間違っているのかもしれない。

如月が自立を求めて強くなるのは不可逆であるように、佐々木と吉野の関係もまた遡《そ》上《じょう》できるものではないのだ。

「いや、なんでもない」

「気にしないでいいよ。愚痴《ぐち》りたいことがあったら、話してってよ」

「本当に、なんでもない。大丈夫だ」

吉野とは、やはり一緒《いっしょ》には暮らせない。

如月でさえも、一人で生きようと足掻《あが》いているのだ。自分一人に逃げ場所があるのはひどくアンフェアなような気がした。


「それでは、先輩と佐々木さんの復縁《ふくえん》を祝って、かんぱーい！」

緑《みどり》が弾《はず》んだ声でビールのジョッキを掲《かか》げると、近くのテーブルに着いた客の視線が吉野たち三人に集まってしまう。

それでもせっかく自分たちを祝ってくれるのが嬉《うれ》しかったので、吉野は微笑《ほほえ》みつつ緑と原田のジョッキに自分のそれを合わせた。

最近の天候は不順で、蒸し暑かったり涼《すず》しかったりと落ち着きがない。しかし、こんな日は、盛大にビールを喉《のど》に流し込みたかった。

「しっかし、これで職場の空気も改善されると思うと嬉《うれ》しいです」

その言葉は、さっくりと吉野の胸に突き刺さった。

あまりにも素直《すなお》に原田が感情を吐露《とろ》したため、緑は一瞬「う」と言いかけて言葉を止める。

「あ、ごめん……俺、そんなに空気暗くしてた？」

吉野が苦笑しながら尋《たず》ねると、緑も原田もぶんぶんと首を振る。そのわざとらしい仕草が、彼らの真情を裏付けていた。

「いや、そういうわけじゃないんですけど」

「これからは気をつけるよ。なるべく仕事にプライベートは持ち込みたくないんだけど、そうもいかなくて……」

「そりゃ、あれだけ溺愛《できあい》してる相手に捨てられたら、そうもなりますよ」

原田の言葉はまたも吉野の胸を深々と抉《えぐ》った。

「ば、馬鹿《ばか》ね、原田くん！　いくらなんでも、こんなときに本当のことを言わなくたっていいじゃない」

緑の言葉が、吉野にさらに追い打ちをかける。

「ごめん……」

「あ、いや、俺はいいけど——その代わり、今度は喧嘩《けんか》もなしにしてもらえるといいっすね。お互いのためにも」

「——それは……たぶん、平気」

「でも、先輩、また佐々木さんと一緒《いっしょ》に暮らすんですか？」

話題を変えようとしたのか、原田は無理に明るい口調で話を転じた。

「うん、そのつもりだけど」

「え……そうなの？」

吉野の言葉に深刻な顔つきになったのは、意外にも緑のほうだった。

「どうかした、緑？」

今回の出来事を誰よりも喜んでくれていたはずの緑の反応に、吉野はドキリとする。

何か、あったのだろうか。

「なんか、順調すぎるとかえって心配になっちゃうな、って。一度別れた人たちが、先輩たちみたいに呆気《あっけ》なく元の鞘《さや》におさまるのって、なんか変な感じがするの」

「そりゃラブラブなんだからありなんじゃないすか？」

原田が口を挟む。

だが、緑はそれだけでは納得していないようだった。

「先輩、全部が元に戻るって思ってる？」

「全部？」

トマトを咀嚼《そしゃく》し終え、吉野は半分咳《せ》き込《こ》みそうになりつつ問い返す。

「全部って、何が？」

「一度離れちゃったんだもの。なんだかんだで、また……何か問題がある気がする」

「そんな不吉ことは言わないでくれ」

吉野がひらひらと手を振ると、緑は「そうね」と笑った。

「ごめんなさい、せっかくのお祝いの席なのに。危うくぶちこわしにするところだったわ」

「いいよ。それより緑、ジョッキが空になりそうだけど」

「あ、じゃあもう一杯生中もらおうかな」

「わかった」

吉野がウエイトレスを呼び止めて緑のための生ビールと、それからざる豆腐《どうふ》を二つ注文する。

何気ない日常の向こうに潜む幸福を、早く味わいたい。

一刻も早く佐々木とともに暮らし、あの日々を取り返したかった。

# 9

一度引き払った部屋に戻ってくるのは、どういう気持ちがするものなのだろう。

佐々木《ささき》の場合は、それはひどく憂鬱《ゆううつ》な作業だった。

引っ越したときにほとんど荷物をほどいていなかったせいか、佐々木の今回の引っ越しは前よりもずっと楽なはず、だった。

ただ荷造りがほとんど終わっていないのは、佐々木自身の中に残っている躊躇《ためら》いのせいにほかならない。

仁科《にしな》の残酷《ざんこく》すぎる言葉は決定打だった。

迷っている心に、だめ押しのように鈍い楔《くさび》を打ち込まれた。

そのとき、インターフォンのベルが鳴らされる。

——吉野《よしの》だ。

出る踏ん切りがつかずにぐずぐずと座《すわ》り込《こ》んでいると、がちゃりとドアが開いた。

「千冬《ちふゆ》……いないの？」

「──」

緩慢《かんまん》な動作でその顔を見上げると、カジュアルな普段着姿の吉野は、佐々木を見て破顔した。

「ごめん、勝手に開けて。聞こえないのかと思って」

引っ越しのためにわざわざ休みを取った吉野は、まったく片づけられていない状態の部屋を見て、訝《いぶか》しげに眉《まゆ》をひそめた。

「どうしたの？　忙しくて、荷造り進まなかった？」

違う。そんなことじゃない。

その場しのぎに洋服を畳み始めたが、心が乱れているせいか上手《うま》くできない。仕方なさそうに笑って、吉野はてきぱきと床に散らばった服を畳み始めた。

「……俺」

佐々木は口ごもりつつも、吉野の顔を見上げる。そして言いづらそうな表情で、洋服を畳む手を止めた。

「どうかした？」

「考えたんだけど………あんたとは、暮らせない」

長いあいだ逡《しゅん》巡《じゅん》した挙《あ》げ句《く》、佐々木はその言葉を振《ふ》り絞《しぼ》るようにして発した。

「どうして？」

吉野はさらりと、何事もなかったかのように問い返す。

「——」

言葉はいつも心の中に沈む重い石だ。

佐々木の力は弱すぎて、それを拾い上げることができない。けれど、こうした瞬間に言葉が足りなければ、よけいな軋轢《あつれき》や誤解を生むのは知っている。どれほど苦手だったとしても、他人とわかり合うためには、言葉は必要な手段だった。

「あ、あんただって、わかってんだろ」

声が弱くなりそうだから、佐々木はボリュームを上げることで、吉野に己の感情を訴えようと試みた。

「やり直したって無理だ……元になんか、戻りっこないって！」

声を張りあげて、佐々木は怒鳴《どな》った。

「俺がダメにしたんだ。そう簡単に元どおりになんてできるわけが……」

吉野は厳しいまなざしで佐々木を一瞥《いちべつ》すると、唇《くちびる》を引き結ぶ。

「本当に、そう思ってるの？」

想像していたよりもずっと硬い声で、彼は問うた。

「あんただって、信じてないだろ！　前みたいに全部できるって」

言葉が途切れたのは、吉野が手を振り上げたせいだ。

殴《なぐ》られる……？

びくんっと佐々木は身を竦《すく》ませ、狼狽《うろた》えたように座《すわ》ったまま後ずさる。

しかし、佐々木を殴るなんて野蛮《やばん》な真似《まね》を、吉野がするはずがなかった。

彼は佐々木の手を引いて無理に立ち上がらせると、そのまま歩き出した。

「ちょ、っと……靴！」

玄関で吉野が靴を履《は》いたので、佐々木も慌《あわ》ててそれに倣《なら》う。

「放せよっ！」

握り締められた腕が、痛い。中途半端に突っかけたスニーカーが脱げそうだ。

「うるさい！」

吉野は佐々木を怒鳴《どな》りつけ、有無を言わさずに近所のコインパーキングに止めてあった車の助手席に押し込む。

信じられないほどの強引《ごういん》さに、佐々木は驚愕《きょうがく》以上に恐怖すら感じた。

いったい吉野は自分をどうしようというのか。どこに、連れていこうというのか。

運転席に座り込んだ吉野は、無言でハンドルに突っ伏す。彼はエンジンキーを差し込んでおらず、いっこうに発進させる様子はなかった。

「吉野…さん…？」

立ちこめる沈黙に、佐々木は耐えきれなかった。

「――俺だってわかってる。元になんて戻るわけがない」

吉野はくぐもった声で呟《つぶや》いた。

「戻るわけがない。戻れるはずがないんだ。俺だって君を許してない。許せるほど大人になんてなれない……そんな自分が嫌《いや》でたまらなくなる」

胸を抉《えぐ》るような、そんな告白だった。

いつも優しく自分を包み込んでくれる恋人に、自分はこんなにも辛《つら》い気持ちを味わわせていたのだ。

「だけど、だったらゼロから始めればいい。また最初から、やり直せばいいんだ」

「――」

「そうじゃなかったら、ダメだ。俺たちはいつまで経《た》っても一緒《いっしょ》にいられない。今離れてしまったら、きっともう二度とやり直せない」

彼の声が佐々木の胸に突き刺さる。心臓が張り裂けそうに痛んだ。

そういえば自分は吉野が泣くところを見たことがない。そんなことを不意に思った。

「このまま君を、無理やり連れて帰るのは簡単だ。だけど、ただ一緒に暮らすだけじゃ、ダメなんだ。心と心が近づかないと……ダメなんだ」

いつもいつも佐々木が傷つけてしまう、心優しい人。

「そばにいてほしい。一緒にいる時間がないから、だから一緒に暮らしたい。あとどれだけ、君と一緒《いっしょ》にいられると思ってるの？」

佐々木はそっと手を伸ばして、吉野の髪に触れる。

やわらかな髪だった。触れるといつも清潔な匂《にお》いがして、それを嗅《か》ぐたびに胸がきゅんと痛くなるのだ。

「ごめん」

「――」

謝罪の言葉にさえ、吉野は答えてくれようとはしない。

「ごめん、俺……怖《こわ》いんだ」

一緒にいればきっと、傷跡を見なければならない。

自分が吉野の心にどれほどの深い爪痕《つめあと》を残したのか思い知らされる。

それが怖かった。

手をぎゅっと握り締めて泣かぬように耐える佐々木の右手に、吉野が自分の左手を重ねる。そして、彼はこちらを見て、わずかに笑った。

「――覚悟を決めよう、千冬」

この先、傷つけ合うことしかできなかったとしても。

相手を選んだのはお互いなのだと。

「わかってる」

呻《うめ》くように低く呟《つぶや》き、佐々木は頷《うなず》いた。

「わかってるけど、できない……あんたを傷つけると、俺も辛《つら》い」

「それは俺も一緒《いっしょ》だよ、千冬」

だから、大丈夫だよ。一緒に頑張《がんば》れるはずだ。

そんな甘い囁《ささや》きとともに唇《くちびる》で啄《ついば》むように頬《ほお》をなぞられたとき、佐々木はやっと自分が泣いていることに気づいた。

傷つけることしか、できない。

傷つけて苦しめて苛《さいな》んで、そのあとにも果たして愛は残るのだろうか。

どこまでいけば、愛は愛として不滅の輝きを見せるのだろう……?

「ん」

次第にくちづけは熱を帯びたものになり、零《こぼ》れた唾液《だえき》が佐々木のシャツを放縦《ほうしゅう》に濡《ぬ》らした。熱くなった吐息に、車の窓ガラスが曇る。

「――千冬……」

千冬、と吉野が何度も繰り返した。

悲嘆《ひたん》と絶望と隣《とな》り合《あ》わせのところに、二人の日常がある。

自分を傷つけるのも苦しめるのも、吉野だけだ。

彼だけ。

なのにどうして、人はただ他人を愛するだけでは生きていけないのだろう……。


「食器の場所はほとんど変えてないから」

「……うん」

吉野の言葉に頷《うなず》き、佐々木は気怠《けだる》そうに手持ちの包丁《ほうちょう》と鍋《なべ》を並べていく。

佐々木が出ていってからというもの、吉野はほとんど自炊《じすい》なんてしなかったため、鍋は小さめの片手鍋を一つ買っただけだ。包丁にいたっては果物ナイフ一本で足りた。

「ごめん」

あまりにも佐々木の様子が辛《つら》そうなので、吉野は素直《すなお》に謝罪を述べた。

「何が」

「……その、無理して」

要するに、あのあと車の中で佐々木を美味《おい》しくいただいてしまったのだ。

昼日中で、かなり窮屈《きゆうくつ》な姿勢と誰かに見られているかもしれないというスリルが味わえる行為は、背徳という言葉にもっとも近く、必要以上に二人の興奮を煽《あお》った。

吉野の言葉に、佐々木は耳まで赤くなって俯《うつむ》く。

「反省する気があるんなら、場所と時間を……わきまえろよ……」

「いや、反省してるっていうか……君の身体《からだ》が大丈夫だったか気になってるだけ」

佐々木はそばにあったフライパンを握り締めたが、それで殴《なぐ》ったら大惨事《だいさんじ》になると思ったのだろう。そこで思い直したらしく、「馬鹿《ばか》」と一言だけ呟《つぶや》いてそれきり下を向いてしまう。

「ごめんね」

こんな甘いやりとりを繰り返していても、すぐには元に戻るはずがない。

もう一度二人で生活を始められることへの興奮がおさまってきた今、吉野たちは現実という名の大きな問題に直面していた。

つまり、自分たちはよりを戻したことを純粋に喜んでいられるほど、単純な機能を有する動物ではなかったのだ。

仁科の予言や緑《みどり》たちの危惧《きぐ》は、至極厄介《しごくやっかい》な形で成就《じょうじゅ》しようとしていた。

あの言葉に影響されてネガティヴになっているわけではない。もともと、別れた二人がやり直すことには無理があった。何もかも全部、リセットするなんて無理な話だ。

「料理するから、もう黙ってろ」

「はーい」

ビールをボトルからグラスに注《つ》ぐと、それを片手に、吉野は憂鬱《ゆううつ》な表情でマンションの窓から道路を見下ろす。マンションの外は細い路地になっており、そこからは時たま人の通行や走っていく野良猫《のらねこ》を見ることができた。

消えない憂鬱《ゆううつ》に、吉野の心はひどく沈んでいた。

佐々木と一緒《いっしょ》に暮らし始めることができる。しかし、それは表面上の事象にすぎない。この先は、お互いに腫《は》れ物《もの》に触るような毎日が続くことだろう。家に帰っても安らげず、それどころか気苦労ばかりでかえってダメになってしまうかもしれない。なんとか、事態が好転するように図らなくては。

相手を許せなくてもいいと姉は言っていたが、本当にそれでいいのだろうか。

どうすればまた、あの日々を取り戻せるのだろう。

身体《からだ》を繋《つな》ぐことも唇《くちびる》で愛を語ることも、どれもが無意味に思えてくる。

このままでは、二人の関係は再び袋《ふくろ》小路《こうじ》に迷い込んでしまうかもしれない。

佐々木は料理を始めたのか、キッチンのほうからリズミカルな包丁《ほうちょう》の音が聞こえてきた。久しぶりに彼の手料理を食べられるのかと思うと、期待に少しずつ胸が膨《ふく》らみ、気持ちが明るくなってくる。

自分たちを結びつけるものが料理なら、引き離すものも料理だ。しかし彼の慈愛《じあい》に満ちた皿がある限り一緒にいられると、吉野は信じている。いや、信じずにはいられないのだ。それは馬鹿《ばか》みたいな話だったが。

ただ相手を好きだから、恋をできるわけではない。

家族や仕事、お互いの意地や性格が邪魔《じゃま》をする。だからこそ、乗り越えねばならなかった。

キッチンに音もなく忍び込んだ吉野は、佐々木の作業がナイフを使っているものでないことを確認し、軽く彼を後ろから抱いた。

「わっ」

彼が驚きのあまりちぎっていたレタスを取り落としたため、それはぼとっと鈍い音を立ててシンクへと転がった。

「ランチのメニューは何？」

「——サラダとホットドッグ」

「あまり無理しないほうがよくない？　疲れてるでしょ？」

「それは、あんたが馬鹿《ばか》みたいなことするから、……」

生意気なことを言う唇《くちびる》を閉じさせたくて、吉野は彼の顎《あご》をとらえて無理やりこちらを向かせると、それに自分の唇を押し当てる。啄《ついば》むように吸っているうちに、彼の唇は艶《つや》を帯びてきた。

「は…なせって…っ…」

「ダメだよ」

舌を絡《から》めるほどの深いくちづけには体勢が辛《つら》いだろう。そう思っていると、抵抗をやめた佐々木は身じろぎをして姿勢を変えてくる。自分の首に腕を回していやに積極的に吉野を求めてくる佐々木の姿に、吉野は彼の不在の長さを思い知った。

この愛《いと》しいぬくもりを忘れて暮らしていたのだ。

「どうしよう。さっきあんなに美味《おい》しくいただいたばっかりなのに……」

吉野は佐々木を軽く抱いたまま、そう囁《ささや》く。

「また君を食べたくなってきた」

「……馬鹿《ばか》」

わずかに頬《ほお》を染めた彼が俯《うつむ》いた拍子《ひょうし》に、うなじまでもが朱に染まっているのが見えて、吉野の目にはそれがひどく初々《ういうい》しく映った。

「選んで。ベッドとソファとキッチン、どこがいいの？」

「そんなの……」

決められるはずがない、と佐々木が掠《かす》れた声で訴える。

幸いダイニングテーブルの上にはまだ何もなかったので、吉野はそこで佐々木を調理することに決めた。

「一種のデクパージュみたいだと思わない？」

客の前で料理を切り分けるという意味の言葉を、吉野は例に出した。

「何が」

「食卓で服を脱がせるなんて、ゲストのために料理を取り分けてるようなものだから」

吉野はそう言うと、佐々木のチノパンツを引き下ろした。

「たとえばサーモンだって、こうしてメートル・ドテルが、皮を剝《は》いであげるよね？」

Tシャツをまくり上げて、少し汗《あせ》ばんだ皮膚にくちづける。

そうすると本当に、佐々木をセックスという名の調理法で料理している気分になるから、不思議《ふしぎ》だった。

「こんなに君は綺麗《きれい》なのに、誰にも見せられないのが悔しいけど……。でも、ほかの誰かに見せるのはもっと悔しい。

「……や、だ……っ」

あえかな言葉は、最後には甘い喘《あえ》ぎに変わってしまう。

「ダメ。食材にはシェフに逆らう権利なんて、ないでしょう……？」

そうじゃなくても佐々木の身体《からだ》は熱を帯びたように熱く、吉野の愛撫《あいぶ》を待ちわびているというのに。

思う存分に恋人の肢体《したい》を味わう。これほどの幸福がほかにあるだろうか。

「……あっ」

淫《みだ》らなフォルムに熟れ始めた部位に直截《ちょくせつ》に指を絡《から》められて、耐えきれずに甘い声を漏らす佐々木がいとおしい。

「どうしてほしいの?」

「う、るさい……っ……」

そうじゃなくても口べたな彼は、こうしてしまえばもう何も言えないだろう。

何も言わないで。

ただこのまま、もう二度と離したくない。

フランベするよりも熱い行為にまみれれば、きっと二人でとろけそうになるだろう。

そう、自分はきっと幸福なのだ。

たとえそれが偽《いつわ》りに満ちた造形をしていたとしても、今はその幸福に酔うしかなかった。

# 10

ほっそりした指を伸ばして、佐々木《ささき》はインターフォンのブザーを押す。

「……畜生《ちくしょう》」

己を罵《ののし》るための声をあげたのは、どうも自分が本調子ではないせいだ。

吉野《よしの》と暮らし始めるということは、それはもう一度互いに肌《はだ》を重ねる生活が始まるということを意味していた。

触れられれば濡《ぬ》れてしまうし、求められれば応《こた》えてしまう。

忘れていたはずの快楽にひとたび足を踏み入れれば、それは泥沼《どろぬま》のようなものだった。

料理とセックス、どっちが官能を呼び覚ますものなのか、忘れてしまった。

きっと、自分たち二人にとっては、どっちだって一緒《いっしょ》だ。

食べていればしたくなるし、セックスしていれば空腹になる。

もう一度ブザーを押すと、ベルが鳴る音がし、今度はほぼ間髪《かんはつ》を入れずにドアが開いた。ドアの隙間《すきま》から如月《きさらぎ》睦《むつみ》が顔を出し、佐々木の姿を認めて笑《え》みを作った。

まるでバンビみたいに黒目がちの瞳《ひとみ》は大きくくるんとしており、それが彼の一種のチャームポイントだ。

「ごめん、千冬《ちふゆ》。ちょっと聞こえなくて」

「いや……久しぶりだな」

「このあいだ公園で会ったばっかりじゃん。支度できてるから、行こうか」

仁科《にしな》に食事に誘われたと如月が連絡をよこしてきたのは、ほんの三日ほど前だ。仕事のあとでいいから一緒《いっしょ》に会えないかと言われて、佐々木はそれに仕方なく頷《うなず》いた。その前に一度如月に会って、自分と吉野が新しい生活を始めたことを伝えたかったのだ。

「……ああ」

佐々木は頷いた。

「今、吉野さんと暮らしてるんでしょ？　どうしてるの？」

エレベーターへと向かいながら、如月は何気なく話を振ってきた。

「どう、って」

「吉野さん、なんかすごく幸せそうな顔、してたよ。お肌《はだ》つるつるだし、いつもの五割増しで美人って感じだったけど」

「……」

佐々木はかあっと頬《ほお》を染める。曇り空だというのに、妙に暑くなってきた。

「あれ？　何、変な顔してるの？」

「だって、なんで……そのこと」

「このあいだ、ゴミ捨てに行くとき吉野さんに会ったんだよ」

「――ああ」

　このビルと吉野のオフィスは至近距離にある。だいたい、このビルの一階がもともと佐々木が働いており、吉野と出会うきっかけになったレピシエがあるのだ。

　街を歩いていれば、吉野と会うこともあるだろう。毎日通勤する吉野とここに暮らす如月では、顔をまったく合わせないほうが変な気にさえなってくる。

「いいなあ、好きな人とのラブラブ生活って。毎日、腕の振るい甲斐《がい》もあるでしょ？」

「べ、べつに、毎日なんて……！　無理に決まってんだろ！」

　そんなことをしたら身体《からだ》が保《も》つわけがない、と佐々木は口ごもる。

「――やだ、千冬……なんか、変な想像してない？」

　ようやく佐々木の言葉を解したらしく、真っ赤になったのは、如月のほうだった。

「えっ」

　自分が恥ずかしいことを想像したのが幼《おさな》なじみにばれてしまい、声が裏返る。

　佐々木は今度こそ真っ赤になって、エントランスに立てかけてあった自転車に体当たりした。

「いてっ」

がしゃんという激しい音がして、自転車が二台相次いで倒れてしまう。佐々木は慌《あわ》ててそれを起こした。如月もそれを手伝いながら、「ごめん」と謝ってくる。

「今のは僕が悪かったけど、でも、そんなに動揺《どうよう》しなくたっていいじゃん」

「そう、だけど」

「僕だって、いくらなんでもそんなすごいこと言ったりしないよ！　だいたい、吉野さんってすごく綺麗《きれい》だから、生々しいことと無縁《むえん》に見えるもん。想像もできないっていうか」

「――」

あの男のどこが、生々しい欲望と無縁だというのだろう。

そうやって見えるのだとすれば、如月には見る目がない。

だいたい、佐々木を美味《おい》しく食べることが大好きなあの男は、どうすれば佐々木がとろとろになるのかを知り尽くしているのだ。

まさに手練手管《てれんてくだ》という言葉が相応《ふさわ》しい技巧《ぎこう》を持ち、佐々木を簡単に陥落させてしまう。

昨日だって。

本当は嫌《いや》だったのに、一緒《いっしょ》にシャワーを浴びて、それから、「千冬も新しいことを覚えなくちゃね」なんてことを言って……佐々木にあんな恥ずかしい真似《まね》を……。

「千冬？」

突然、思索《しさく》をうち切られて、佐々木は脳味噌《のうみそ》がシェイクされるほどの勢いで首を振った。

「とりあえず、今日行くお店は銀座《ぎんざ》だって。詳しくは僕もよくわからないんだけど」

如月は小さなメモを見ながら、そう説明する。

「うん」

それなら、青山《あおやま》一丁目の駅から銀座線ですぐだ。佐々木自身は銀座という地名にはなんの感慨《かんがい》もなかった。

こうして二人で肩を並べて一緒《いっしょ》に出かけるのは久しぶりだ。

仁科がいったい何を企《たくら》んで二人を一度に招待したのかは、知らない。

だがそれを逃げるのも癪《しゃく》だった。

自分と吉野は、今のところは上手《うま》くやっている。お互いに思いやっているし、何よりも愛し合っている。仕事も問題はないし、毎日は充実しているはずだった。

ただ、時折、あのキタヤマ亭での日々が懐《なつ》かしく思えることがある。あの厨房《ちゅうぼう》が妙に懐かしくて、表参道《おもてさんどう》の駅で降りると、衝動的にあの路地を曲がりそうになるのだ。

「ええっと、ここ……かな？」

そこでようやく、如月が胡乱《うろん》げな声をあげた。

地図を頼《たよ》りに辿《たど》り着《つ》いた建物は、銀座一丁目にあった。

銀座駅から少し歩いたが、それでも徒歩圏内だ。だが、そこに辿り着いて佐々木たちは戸惑《とまど》った。住所に記された建物は確かにあったのだが、店ではなかったのだ。正確には、「かつて店だった」と表記すべきか。

硝子《ガラス》扉にはシェードが下ろしてあったため、店内の様子を窺《うかが》い知《し》ることができない。これでは人がいるのかすら、わからなかった。

「本当に、ここか……?」

一見すると不気味ささえ醸《かも》し出《だ》す場所に、佐々木はおそるおそるそう問う。佐々木同様、理由もよくわからずにここに来た様相のある如月は、訝《いぶか》しげな表情をしつつも頷《うなず》いた。

「うん、そうみたい」

「不気味だな」

「いくらなんでも町中じゃ幽霊は出ないでしょ」

かつては洒落《しゃれ》たレストランか喫茶店《きっさてん》だったのだろう。外壁は暗い色のタイル張りだったが、それが周囲にとけ込んでいてよかった。おそらく塗装を最近になってやり直したのだろう。外見は綺麗《きれい》なものだった。

もしや、仁科はここで新しい店を始めるつもりなのだろうか。そう考えると、なぜか漠と胸が騒いだ。仁科の手がけた店はいくつも当たっている。今回はどんな料理人を招き、何をさせるつもりなのだろう。

佐々木たちがうろうろと歩き回っていると、不意にドアが開いた。

「なんだ、来ていたのか」

店の扉を開けて二人を出迎えたのは、ほかならぬ仁科であった。

「来ていたって、呼んだのは仁科さんでしょ」

ぎょっとするほど率直な態度で、如月は仁科に反論をする。ここで新たな戦いの火蓋《ひぶた》が切って落とされるのかと思ったが、そんなことはなかった。

「悪いな。奥で話していたんだ。入ってくれ」

仁科に促されて、佐々木は店内に足を踏み入れる。濃いグレーのタイルが貼《は》られた店の中はがらんとしており、テーブルと数脚の椅子《いす》があるだけだ。それも、通販で思いきり安く買えそうな、その場しのぎのものだった。

「ここは……？」

「新しく店を開こうと思っているんだ。君たちの目から見て、どうだ？」

「どうって、言われても……」

佐々木は戸惑《とまど》い、言葉をなくした。こういうときは何を答えても、嘘《うそ》になりそうだった。新しく店を持つことができる幸運なシェフに、嫉妬《しっと》してしまいそうだからだ。

コンセプトがどんなものかは知らないが、仁科は料理人の個性を殺すような馬鹿《ばか》な真似《まね》はしない。その実力を認めるのは悔しいが、仁科は適材適所といった様子できちんとした人材を配するのが得意だった。

「ここ、二階もあるんですか?」

果敢《かかん》にも口を開いたのは、如月のほうだった。

「ああ。合わせて六十席になる予定だ」

「けっこう大きなお店になるんですね」

「そうだな。まあ、先に座《すわ》ってくれ。とりあえず何か飲み物でも出させよう」

仁科はそう言うと、簡素な椅子《いす》を勧めて二人に座るように促した。

「え? 誰かいるんですか?」

「うん。今日は時間がないのであまり大したものは出せないらしいんだが、つまみと酒くらいは大丈夫だ」

仁科がそう言ったとき、キッチンの観音開《かんのんびら》きの扉がぎしっと音を立てて開き、向こうからシェフコートを纏《まと》った長身の男がやってきた。

「あ」

声をあげたのは、如月も佐々木も同時だった。

——雨宮立巳《あめみやたつみ》。

佐々木が惚《ほ》れ抜《ぬ》いてやまなかった料理人だ。

「どうして……」

掠《かす》れた声が漏れ落ちる。

雨宮はその能面のような表情をぴくりとも変えることがなく、それでいて柔和な調子で
「いらっしゃいませ」と告げた。

彼が運んできたワゴンには、アミューズになるようなちょっとした料理と、シャンパンとシャンパングラスが載《の》っていた。

「紹介しておこうか。雨宮立巳くんだ。もっとも、二人とも面識はあるだろう？」

右手を出して仁科が妙に芝居《しばい》がかった調子で告げると、二人に向かって微笑《ほほえ》んだ。

佐々木は雨宮に並々ならぬ関心と執着《しゅうちゃく》を抱いているが、如月は初対面のはずだ。ちらりと如月のほうを窺《うかが》うと、彼ははしゃいだように笑みを浮かべて立ち上がった。

「雨宮さん、久しぶり！　元気だった？」

「ええ。如月さんもお元気そうで、何よりです」

心臓がひときわ大きな音を立てて、ぐしゃりと波打つ。

言葉遣《ことばづか》いこそ丁寧《ていねい》なものだったが、お互いに面識もあり幾分の好意もあるようだ。

鈍感な自分にさえわかる親しさの発露《はつろ》に、佐々木は面食らった。

「まあ、座《すわ》って」

仁科に促されて、雨宮はようやく皿をテーブルに載《の》せた。

精緻《せいち》な細工が施《ほどこ》された料理はまるで硝子《ガラス》細工のように美しい。今し方与えられたダメージを刹那《せつな》だけ忘れ、佐々木はほうっと息を吐いた。

「君たちも、飲み物はシャンパンでいいだろう？」

「あ、僕はいいけど。千冬は？」

「俺もそれで」

その言葉を受けて、雨宮が四つのシャンパングラスをテーブルに並べる。

「じゃ、僕が開けますね」

如月はにっこりと笑って、もう一度立ち上がった。雨宮の手から冷えたシャンパンの瓶《びん》とソムリエナイフを受け取ると、器用に栓《せん》を開け始めた。

それから、金色に光る液体を四人のグラスに等分になるよう、慎重に注《つ》いだ。

「だいぶ手つきがそれらしくなってきたな」

「慣れますよ、いい加減。僕、今度ソムリエ講座に通おうと思って」

シャンパンを注ぐ手つきさえ、堂に入ったものだ。物怖《ものお》じせずに如月は胸を張ってそう告げる。

「それは心強いですね」

雨宮もまた、嬉《うれ》しそうな風情で相槌《あいづち》を打った。

佐々木を置き去りにした三人の会話は、理解を超えていた。

何か、ここで気の利《き》いた台詞《せりふ》の一つでも口にしたほうがいいのだろうか。そうは思ったが、生来《せいらい》口べたな佐々木には、そんなことさえもできそうになかった。

戸惑《とまど》いばかりが先に立ち、手に汗《あせ》が滲《にじ》んでくる。

「とりあえず、乾杯《かんぱい》を」

仁科に促されて、わけもわからぬまま佐々木はグラスを掴《つか》み、彼らと縁《ふち》を合わせた。

この会食はなんのための集まりなのか。どうして自分と如月が呼ばれたのか。

如月は、雨宮とどういう関係なのか……？

わからない。

理解できないことばかりで、佐々木の小さな脳はオーバーフローしそうだった。

「あれ？　そういえば、なんのための乾杯だったんですか、今の」

突然気づいたように、シャンパンを一口だけ飲んだ如月が尋《たず》ねた。

「四人の出会いを祝して」

「うわ、気障《きざ》！」

自分から訊《き》いたくせに、如月は仁科の回答にげんなりとした表情になった。それでもくるんと瞳《ひとみ》を動かし、気持ちを目の前の前菜に向けることにしたらしい。

「いただきまーす」

まずはカナッペを手に取り、それを口に放《ほう》り込《こ》んだ。

「うん、美味《おい》しい。そういえば雨宮さんの料理食べるの、初めてかも」

「これじゃ料理なんて言えませんよ。お恥ずかしいものです」

だから、なんで。

どうしてこの二人がこんなに親しく見えるんだろう……？

二人の様子に明らかに違和感を覚えている自分が嫌《いや》で、佐々木が視線をよそに移そうと試みると、面白《おもしろ》そうに自分を観察している仁科と目が合った。

「そういえば、千冬も雨宮さんのこと、知っているの？」

突然如月に話を振られて、佐々木は何かを言おうとした。だが、口の中が乾いてしまって、上手《うま》く言葉にならない。すると、助け船のように仁科が口を開いた。

「彼は今、雨宮くんが勤めているセレブリテの常連だったんだよ。よほど雨宮くんの味にご執心《しゅうしん》だったらしい」

その言葉すら、佐々木の心を逆撫《さかな》でしてかかる。

「……んだよ」

「いや。この店のこと、君はどう思う？」

佐々木の不満を感じ取っているくせに、仁科の台詞《せりふ》は余裕に満ちていた。

「どうって……べつに。普通だろ」

「そうだろうな。この店を普通のビストロにするつもりだ。それが今の計画だよ」

そう言われても、佐々木は答えなかった。普通のビストロなんていう曖昧《あいまい》なコンセプトを理解できるほど、商売に慣れてはいない。

「勝手にしろ」

「佐々木さんにそう言われると、困るんですよ」

会話に口を差し挟んできたのは、意外なことに雨宮だった。

「なんで」

「まだ店の名前はちゃんと決まってないんですが……この店のシェフは、僕が務めることになっているからです」

雨宮の台詞《せりふ》に、改めて息が止まりそうになった。

無論それは、覚悟していたはずの言葉だった。

はじめから、わかりきっていた。

だが、それならばどうして雨宮の言葉は、これほど激しく佐々木の心を抉《えぐ》るのだろう。

「そして、この店は、佐々木さん……あなたにも手伝っていただきたいと思っています」

「——俺に？」

雨宮が自分の助けを求めている。

それは、すなわち。

彼が佐々木の作る味わいを認めてくれているということに、ほかならない。雨宮もまた、佐々木のことを欲しているのだ。

「そうです。あなたにはコミとして、この店の全般を見てほしい」

「な……んだって……？」

心が、震えた。

予期せぬ言葉に抉《えぐ》られた、その痛みに。

「コミとして、です」

相も変わらず無表情のまま、雨宮はそれを繰り返す。

「冗談《じょうだん》でしょ、雨宮さん」

先に反応したのは、如月だった。コミだなんて馬鹿《ばか》げたことをとでも言いたげな顔つきで、雨宮を見つめている。

コミとは要するに、見習い生とか下働きのことだ。料亭など和食の世界では「追い回し」と呼ばれ、新入りのもっとも立場が低い人間が就《つ》くことになる。

「この状況で、彼が冗談を言うように見えるか？」

それまで黙っていた仁科が、状況を茶化《ちゃか》すようにして口を挟んできた。

彼が面白《おもしろ》がっていたわけが、ここでようやく判明した。

雨宮が佐々木の心を傷つけ、抉り取るその瞬間を仁科は待ち構えていたのだ。佐々木をさらなる地獄《じごく》に突き落とすために。

「……けど！」

如月が何か言おうとするのを、佐々木は目線だけで制した。

「どうして俺がコミなんだ……」

振《ふ》り絞《しぼ》るような、嫌《いや》な声しか出てこなかった。醜《みにく》くみっともない、ひしゃげた音の羅列《られつ》だけしか。

「あなたの実力では、それが相応だと思います」

仮にもこっちは、エリタージュでシェフ・ポワソニエまで務めている。

それを捕まえて、コミになれと命じるとは！

「最初からコミが欲しいなら、バイトでもなんでも雇えばいいだろう！」

「ええ。ですが、これほど広い店です。最初は一階だけの営業となりますが、それでも、ある程度場慣れした人物が必要です」

要するに、「慣れ」以外の要素は、佐々木には求められていないということなのか。

雨宮が必要なのは佐々木の味でもなんでもなく、ただ経験だけが人並みにある料理人だというのか。

店から料理人を引き抜くときは、相応の地位と俸給《ほうきゅう》を提示することが通例だ。誰が好きこのんで、今より待遇の悪くなる店に行くというのだろう。

あまりにも不作法なその言い分に佐々木はむっとした。

「――睦、帰るぞ！」

「まだ話は終わっていませんよ」

雨宮は表情一つ変えることなく、淡々と続けた。

「如月さんには、ギャルソンとして勤務していただきたいと思っています」

「えっ？　僕？」

シャンパンのせいで目元を微《かす》かに染めていた如月は、突然名前を呼ばれたことに驚き、素《す》っ頓狂《とんきょう》な声をあげた。

「ええ。接客も申し分ないですし、あなたとならいい店を作れそうな気がします」

「ふざけるなっ！　どうせあんたの入れ知恵なんだろう」

佐々木は憤然とした表情で、シャンパンを楽しむ仁科の襟首《えりくび》を摑《つか》み上《あ》げる。その拍子《ひょうし》に、彼の手にしていたグラスが滑り落ち、床に叩《たた》きつけられた。

鈍い音とともに、硝子《ガラス》が四方八方に飛び散る。

「乱暴だな。言葉と行動を慎《つつし》め」

相も変わらず仁科は悠然《ゆうぜん》としており、佐々木の手を払いのけることさえもしなかった。

「これで慎んでられるか！」

「乱暴なやつだな」

その言葉に、上品そのもので優雅《ゆうが》な物腰を常とする吉野とは釣り合わないと糾弾《きゅうだん》されているかのような錯覚すら感じ、佐々木はぱっとその手を離した。

佐々木の心の動きさえも見透かしたように、仁科は皮肉げに口元を歪《ゆが》める。

「睦」

行こう、と佐々木は如月を促した。

「どうぞ、お帰りになるのはけっこうです。ご自宅でゆっくりと考えていただければ。――如月さんは、いかがなさいますか？」

雨宮はおっとりとした口調で、佐々木を追い出しにかかる。

「睦があんたの店になんか行くはず、ないだろう！」

佐々木は声を荒らげて怒鳴《どな》りつける。雨宮はそれを柳に風といったふうに軽く受け流すと、如月に視線を向けた。

「ええっと……僕は……そうだなあ、リストランテ高橋《たかはし》に問題がなければ、こっちでもいいな。ビストロだったら勉強になるから」

如月の言葉に、佐々木は愕然《がくぜん》とした。

まさか如月が、雨宮の店を選ぶとは思わなかったのだ。

「睦……」

――裏切られた。

裏切られた。ほかでもない、この幼《おさな》なじみに。

自分が一番大切にしていた、友人に……。

「さて、佐々木くん。君はどうする？」

言葉を失って立ち尽くす佐々木に、仁科は改めて冷ややかな視線を向けてきた。

「俺に…コミなんてできるはずがないっ！」

「どうして？」

「どうしてって……」

仁科の鋭利な追及の言葉に、佐々木は口ごもった。

「どうせレピシエは再開のめどなんて、立たないんだ。こっちで当分修業《しゅぎょう》していたほうが、気が楽だろう？　エリタージュだって居心地が悪いみたいだし」

「それは……」

「エリタージュじゃ、いくら頑張《がんば》ってもソーシエにはなれない。今の厨房《ちゅうぼう》を見てたらわかるだろう。空《あ》きがないんだよ」

仁科の言葉は、いちいち的確だった。

これまでいろいろな形で昇進を果たしてきた佐々木だったが、ポワソニエから先に進むことができずに足踏みをしている。もちろん実力という問題もあろうが、それ以上に、ソーシエを担当する人間は常に花形としての自負を持っており、なかなか辞《や》めないのが実状だった。

「俺が欲しいのはレピシエだ。レピシエだけだ……！」

佐々木はそう怒鳴《どな》りつけ、己を鼓舞《こぶ》するように勢いよく机を叩《たた》いた。弾《はず》みで安物の椅子《いす》がバランスを失い、床に叩《たた》きつけられる。

「少しは落ち着きなさい」

「うるさいっ」

仁科はどうしてこうやって、いとも容易《たやす》く自分の望むことだけを叶《かな》えようとするのだろう。佐々木にはできない方法で。

「一週間だけ時間をやる。考えておきなさい」

「そんなの、答えなんて決まってる！」

佐々木はそう言い放つと、シャンパンのグラスを摑《つか》み、その中身を仁科に向かってぶちまけた。

「恥を知れ！」

真っ向からそう言われて、仁科は無言のまま口元を綻《ほころ》ばせて艶《つや》やかな笑《え》みを作った。

「千冬！」

如月が声をあげ、仁科に謝罪する声が聞こえてくる。だが、佐々木はドアを乱暴に閉めることで、それを遮《さえぎ》った。

佐々木が見つけてきた雨宮という素晴らしい料理人を、仁科は横取りした。佐々木は雨宮とならば、レピシエをやっていけると思ったのに、その夢を粉々にした。

そして如月もまた、佐々木ではなく雨宮を選ぼうとしている。

あの二人はどこかで通じ合っているところがあるのだろう。

佐々木は雨宮の頑《かたく》なな心を溶かすことさえできなかったのに。

これ以上ないというほど、ひどい仕打ちだった。


「ただいま」

帰宅してきた吉野は、真っ暗な室内を目にして不吉な予感に駆られた。

確か今日は佐々木は休みで、如月と午後に少しだけ出かけると話していたはずだ。

「千冬、いないの？」

返事はない。

まさか――出ていったなんてことはないだろうな。

二人での暮らしに限界を感じて、またも佐々木が出ていってしまったなんてことは。

ノックをしてから、佐々木の部屋のドアを開ける。ベッドが一つだけ置かれた殺風景《さっぷうけい》な部屋だったが、シングルベッドにはマットレスさえセットされていない。そこに佐々木の姿はなかった。

次いで大きなダブルベッドが置いてある二人の寝室。吉野がそこに足を踏み入れると、ベッドにはこんもりとした繭《まゆ》のような物体が寝転がっている。

その正体は、頭から布団《ふとん》をかぶった佐々木だった。

何があったのかはともかくとして、吉野はそれを見て安堵《あんど》した。佐々木が家にいるのは、事実だったたからだ。

「千冬。どうしたの？」

ベッドに座《すわ》ると、くぐもった声で「ほっとけよ」と返ってくる。

本当に放《ほう》っておいてほしいのならば、こんなところで拗《す》ねていないで、アパートにでも戻ってしまえばいいのに。そうはできないのが、佐々木の可愛《かわい》いところだった。

「だって、こんな時間からそんな格好《かっこう》をされたら、俺だって不安になるよ。言いたいことがあるなら、教えて？　今日は睦くんと出かけたんじゃなかった？」

布団《ふとん》から佐々木が手を出して、吉野の腿《もも》のあたりをぎゅっと摑《つか》む。

それに気づいて右手で軽く手の甲をさすってやると、彼は吉野の手を握り締めてきた。

「仁科が……」

「え？　仁科さんにまた意地悪されたの？」

——あの男、性懲《しょうこ》りもなく……。

吉野は内心で毒《どく》づいたが、それをおくびにも出さなかった。

「雨宮にビストロをやらせるんだ……」

それくらいだったら、今の状況とさほど変わりはないはずだ。

「それは、仕方のないことだよ。千冬には酷《こく》だけど、もう雨宮さんのことは諦《あきら》めたほうが」

「睦をギャルソンにするって言ったんだ！」

慎重に言葉を選ぶ吉野を遮《さえぎ》り、佐々木は怒鳴《どな》った。

要するに仁科は、雨宮だけでなく如月も奪い取り、その二人に店をやらせようとしているらしい。

「俺は、俺のことは……雇うなら、コミだって。雨宮がそう言った」

布団の中から聞こえてくる言葉はくぐもっていて聞き取りづらかった。だが、佐々木が言ったことをなんとかくみ取ることはできる。

「そう……なの……？」

「畜生《ちくしょう》。あいつら……なんで、俺のこと……！」

佐々木は半分泣きだしそうな口調で、仁科たちを罵《ののし》った。

「雨宮のことだけじゃなくて、睦を……取った……！」

握り締められていた手を振り解《ほど》き、佐々木は布団《ふとん》をはねのけて、身体《からだ》を起こす。

彼が泣いていないことに吉野はほっとした。

一人で泣かせることなんて、もう二度と、絶対にさせたくはなかったからだ。

「どうしてなんだ……」

佐々木は吉野の胸に顔を埋《うず》め、両手で吉野の胸を殴《なぐ》った。

「どうしてなんだ！」

「――千冬……。だけどどうして、雨宮さんは睦くんを選んだの？」

仁科の考えていることなんて、理解できるはずがない。

彼は佐々木を苦しめたいのだろうか。傷つけたいのだろうか？

「俺の知らないところで、あの二人は知り合いみたいで……」

「知り合いって、睦くんと雨宮さんが？」

吉野の問いに、佐々木はいやに素直《すなお》に頷《うなず》いた。

もしかしたら、佐々木のそれは焼《や》き餅《もち》も入り混じっているのかもしれない。

大切な幼《おさな》なじみと自分が気にかけている料理人とが、自分のあずかり知らぬところで交流を持っていたのだ。それが許せないのは、吉野にもわかる気がした。

「大丈夫。君には、俺がいるから」

気休めにしかならない言葉だった。しかし、それでも何もないよりはましだ。

吉野はまるで呪文《じゅもん》のように、その言葉を繰り返した。

美味《おい》しいワインと缶詰《かんづめ》。そんなものを買っていこう。佐々木の心を慰めてくれるかはわからなかったが、今の彼には必要なはずだ。

仁科のショッキングな宣告から、三日。

今のところはエリタージュでもさほど支障なく働いているようだったが、そうでなくとも思いつめるタイプの佐々木だけに、不安でならなかった。

こういう気持ちは過保護すぎるだろうか。

いくらなんでも、仁科も惨《むご》い仕打ちをするものだ。そう思いつつ歩いていると、向こうから買い物袋を抱《かか》えた如月と藤居健太郎《ふじいけんたろう》が連れ立ってやってくるのが見えた。

「あれ、吉野さん」

こうやって如月に会ったとき、どういう顔をすればいいのか、迷う。

吉野の複雑な表情を見て如月は小さく笑った。

「睦くん、藤居くんも……二人とも、元気そうだね。デート？」

「な、な、何を言うんですか、吉野さんっ」

突如として藤居が上擦《すわず》った声でそう叫《さけ》んだので、吉野と如月は目を丸くする。そして、どちらからともなくぷっと吹き出した。

「藤居くんってときどきすごくおかしいよね」

如月は涙目になるまで笑って、それから藤居の背中を何度か軽く叩《たた》いた。

「あ、そういえば、千冬、もう決めましたか？」

「え？」

「このあいだの話。ほら、仁科さんの新しいお店に行くことですよ」

まるでてらいなくそう問われてしまい、吉野のほうが戸惑《とまど》ったほどだ。

「ああ……うん。君としては、どういうつもりなんだ？」

「僕？　僕は、ギャルソンの修業《しゅぎょう》をするなら、ビストロのほうがいいって思ってるんですよね。リストランテ高橋にはもう一年以上いるし。だから、レピシエができるまでのあいだは、それでもいいなあって」

「それだけ？」

「うん、それだけですよ」

あまりにもあっさりと答えが返ってきてしまい、正直に言って拍子《ひょうし》抜《ぬ》けした。

もっと深慮《しんりょ》に基づいた答えが戻ってくるとばかり思っていたのに。

たとえば、もう佐々木には愛想《あいそ》を尽かして、雨宮のほうがよくなった、とか。

「ただ千冬、だいぶショックを受けていたみたいだから、どうしたのかと思って」

「まだ決めかねてるみたいだね。君はどうなの？　ギャルソンからしてみれば、千冬は今回はどうすべきなんだろう」

「勉強になるとは思うけど。僕、雨宮さんのこと、けっこう好きだし」

如月の言葉はずいぶんと意外なものだった。それを聞いて、藤居は表情を曇らせる。

「好き……？」

「うん。会ったことは三回くらいしかないけど、不思議《ふしぎ》な感じがして。どういう料理作るのか興味あるし、どんな店になるかも知りたいですし」

「――」

「僕はそろそろビストロも経験したいんです。一軒でも多くの店を見られれば、レピシエの参考になると思うから。千冬は……同じことをさせるのは辛《つら》いと思うから、僕一人で充分ですけど」

きっと如月は、雨宮こそが佐々木の思い定めていた料理人だと知らないのだ。無邪気《むじゃき》さは一種の残酷《ざんこく》さと同義だったが、彼は彼なりにレピシエを取り戻そうとしている。二人の夢を実現させようとしているのだ。

それがわかるだけに、吉野には如月を詰《なじ》ることはできなかった。

# 11

「康原《やすはら》、皿！」

　エリタージュの厨房《ちゅうぼう》は相変わらず怒濤《どとう》のような忙しさで、佐々木《ささき》は無心で仕事をこなしていた。

「はいっ」

　康原の差し出してくれた皿に、佐々木は伊勢海老《いせえび》のナージュを盛りつける。人参《にんじん》には細かな飾りとなるよう、花びらのように模様《もよう》を作ってある。さっき、不意に、この料理を食べる五番テーブルの客は、十の誕生日を祝う少女だということを思い出したからだ。

　思ったよりもずっと華《はな》やかで可愛《かわい》らしい皿になった料理を見て、佐々木は満足を覚える。それをギャルソンに渡そうとしたとき、シェフの島崎《しまざき》と目が合った。

　彼の冷徹な視線が、佐々木の作り上げた皿の上をなぞる。

　——よけいな真似《まね》をして、怒られるだろうか……。

　佐々木は緊張に身を竦《すく》ませたが、それもほんの一瞬のことだった。

「なるほど、いいじゃないか」

島崎はわずかに頬《ほお》を緩《ゆる》めると、次の仕事のために移動してしまう。はあっと息を吐き、佐々木は料理をギャルソンに手渡した。

本当は、常に脳裏《のうり》には雑念が渦巻いていた。

雨宮《あめみや》、仁科《にしな》、如月《きさらぎ》——そして、吉野《よしの》。

当分、料理には集中できないかもしれないと恐れていたのだが、こうしていざ厨房《ちゅうぼう》に立つと、追いつめられた心境のせいなのか、不思議《ふしぎ》と集中力が出てきた。

「じゃあ、お疲れさま。また明日、よろしく頼《たの》むよ」

島崎の言葉でミーティングは解散となり、それぞれの人間がばらばらと散っていく。

一人で厨房に残った佐々木は、こんこんと肩を叩《たた》いてから大きく息を吐く。

こういうときに数時間かけてコンソメを引けば頭がクリアになるのかもしれないが、今日はその必要はない。それぞれのフォンの作り置きもあったし、下ごしらえをしておく必要がないことが今は悔しかった。

それならば厨房をもう少し綺麗《きれい》にしていこうと、掃除用具を手にタイルを磨《みが》き始めた。

床に這《は》い、佐々木は束子《たわし》でことさら丹念《たんねん》に汚れを拭《ぬぐ》っていく。毎日掃除しているのだからさほど汚れていないのはわかっていたが、そうせずにはいられなかった。

こうして汚れを拭い落とすことで、自分の心を支配する雑念も払い落としたかった。

「……なんだ、佐々木。まだ残っていたのか」

不意に声をかけられて、佐々木は立ち上がり、緊張に身体《からだ》を硬くした。こちらにやってきたのは料理長の島崎で、すでに帰り支度を済ませたようだ。

「あ、はい」

「掃除なんて珍しいな。どういう心境の変化だ？」

「——」

雑念を振り払いたいなんて言ったら、笑われるかもしれない。

かすかに頬《ほお》を染めて佐々木が俯《うつむ》くと、島崎はいつになく優しいまなざしを向けてきた。

「悩み事か？」

「……そんなところです」

「そうか。——オーナーの新しい店のことはどうした？」

図星だった。

動揺《どうよう》のあまり床に置いたバケツに足を引っかけそうになった佐々木を見て、島崎は声を立てて笑う。

「そう固く考えるんじゃない。先方がおまえをと言ってくれたのなら、胸を張っていいんだぞ」

「でも、コミだ」

「コミでも仕事は仕事だ」

給料もコミのほうがずっと安い。ただの見習いにすぎないからだ。

しかし、問題は金ではない。佐々木のプライドだった。

「見てのとおり、うちの店はソーシエのポストはなかなか空《あ》かない。おまえがポワソニエを辞《や》めるのだって、ほかの連中は虎視眈々《こしたんたん》と狙《ねら》ってる。わかるだろう？」

「……はい」

「ソーシエを諦《あきら》めろとは言わんが、しばらくあっちの店を手伝うのもいい経験になるはずだ」

「けど、腕が鈍る」

それに、その「しばらく」がどれくらいの期間になるのかが、佐々木には重要だった。

「鈍るわけがないだろう。同じフレンチだ」

島崎は肩を竦《すく》めた。

「たとえ料理の志向は変わったとしても、フレンチであることには変わりがない。そのあたりを、誤解されては困る」

「――」

「世の中、数か月単位で店を替わるやつもいる。もちろん、一つの店にずっといるのはいいことだが、たまには気分転換もいい。外の世界を見てくるのは悪いことじゃない。オーナーから聞いたが、おまえだって、今回は北山《きたやま》の店に行って勉強になったんだろう？」

確かに、そのとおりだった。

だとすれば、これ以上、彼の言葉を否定する材料はない。

佐々木はまだ決めかねていたが、上司の忠告は有り難く受け止めておくつもりだった。

「北山のところは、どうだった？　得るものが大きかったように見えるが」

「え？」

「このごろのおまえは、料理が楽しそうだ。今日の伊勢海老《いせえび》のナージュ。あの人参《にんじん》が可愛《かわい》いと、好評だったそうだ。どうやらあのお嬢さんは人参が嫌いだったらしい」

島崎の指摘に、佐々木はかあっと頰《ほお》を染めた。

「今日、初めて人参を食べたと、感謝していたよ」

「……そうですか」

「なんだ、たまに誉《ほ》めてやってるんだから、もっと嬉《うれ》しそうな顔をしたらどうだ？」

「これでもすごく、嬉しいです。北山さんのところ、勉強になりました」

頰を染めて、佐々木はそう断言した。

「そうか」

ぽんぽんと二回肩のあたりを叩《たた》き、島崎は柔和な笑《え》みを見せた。

「そのうち、まかないにオムライスでも作ってもらおうか。あれは北山の得意料理なんだよ」

「……はい！」

佐々木が頷《うなず》いたのを機に、島崎はその場を立ち去る。

再び、しんとした厨房《ちゅうぼう》に取り残された。目を閉じると、先ほどまでの喧噪《けんそう》の光景が蘇《よみがえ》ってくる。

自分は再び厨房という名の戦場に戻ってこれたのだ。

「あ」

そういえば、吉野に帰宅が遅れることを話していなかった。電話でもしておいたほうがいいだろう。

佐々木はバケツと束子《たわし》を脇《わき》によけると、手を綺麗《きれい》に洗う。それから、フロアにある電話を摑《つか》んだ。私用の電話は最低限しか認められていないが、時間外には使っていいという暗黙の了解があった。

部屋の番号をプッシュする。しかし、電話は呼び出し音を繰り返すばかりで、誰かが出る気配はなかった。

「あれ？」

佐々木は小首を傾《かし》げ、今度は吉野の携帯《けいたい》電話の番号を押した。そこまではなんとか、自分でも記憶《きおく》できる範囲だった。

「はい、もしもし？」

数度のコールで、ようやく慌《あわ》てた声音の吉野が電話に出てきた。聞こえるのは足音か。

「俺、だけど」

「ああ、千冬《ちふゆ》？　ごめん、ちょっと急用で出かけるところなんだ。迎えにはいけないから、タクシーで帰ってくれる？」

いつになく緊迫したムードに、佐々木はひどい胸騒ぎを覚えた。

「どうかしたのか？」

「父が……危篤《きとく》なんだ。今度はダメかもしれない」

動悸《どうき》が速くなる。

「俺も、行く」

嫌《いや》な予感に、自分でも意外なほどに、その言葉はすんなりと出てきた。

「え？」

「こっちに寄ってくれ。俺も一緒《いっしょ》に行く」

「──わかった。すぐに行くから外で待ってて」

こんなときに、吉野を一人では行かせたくない。佐々木は掃除を中断することにして、受話器を置いた。

吉野はこのまま、父を亡《な》くしてしまうのだろうか。

数えるほどしか顔を合わせたことのない相手は、息子の道ならぬ恋を応援してはいない。当たり前だ、自分たちは男同士なのだから。

だけど、最後まで反対されたままでいるのは嫌《いや》だ。

親だから、せめて親だけには、理解してほしい。

それがほかでもない吉野の親だからこそ、わだかまりを遺《のこ》したままで死なれたくはない。吉野の父の死を前提として考える己の残酷《ざんこく》さに、佐々木は軽く身震いをした。


助手席に座《すわ》った佐々木は、吉野以上に難しい顔をしている。

街灯の下を通るたびに、彼の青白い顔を光が照らし出した。

「ごめん、千冬。疲れてるでしょう」

「……いや。俺が勝手に来たから」

一日店で働きづめで、疲れていないはずがない。だが、吉野は一人で父親に対峙《たいじ》するのが怖《こわ》くて、彼をこうして連れてきてしまった。

深夜で道が空《す》いていることもあって、横浜まではすぐだった。

このまま父は死んでしまうのだろうか……。

頭が混乱している。涙が滲《にじ》みそうだった。

死んでしまえばもう二度と会えないとか、その程度の発想しかできない自分が情けない。だが、こうして人の死に直面するという事態に吉野は慣れていなかった。

いつだって他人との別離は、心が張り裂けそうになる切なすぎる儀式だ。

「そこで右折だろ」

突然佐々木に言われて、吉野ははっとする。病院はすぐそこなのに、ぼんやりとしてしまっていた。

「あ、ごめん」

「何回謝ってんだよ。俺は来たくて来たんだ」

「……うん」

このときばかりは、あまりにも珍しい佐々木の気遣《きづか》いの言葉に感じ入っているだけの余裕はなかった。

何度か訪れたことのある病院の駐車場に車を停《と》めると、吉野は急いで車を降りる。一刻も早く、父のところに行きたかった。

わかっているのだ。

別れは必定だ。誰にも止められない。

指示されたとおりにエレベーターを降りると、病室の前は数人が集まっている。

「貴弘《たかひろ》！」

吉野の姿を認めた母の貴美子《きみこ》が、小さく声をあげた。

「ごめん、遅くなって。父さんは？」

「少し落ち着いたわ。今なら会ってもいいって」

「……わかった」

吉野はすうっと息を吸い込んでから、病室のドアに手をかける。

「千冬も、来てくれる？」

「ああ」

緊張しきった面《おも》もちの佐々木が頷《うなず》くのを見て、吉野は一息に戸を開けた。

病室の中のパイプ椅子《いす》には、長姉の久美子《くみこ》が疲れたような顔で座《すわ》っている。佐々木は彼女に黙礼し、吉野の隣《となり》に立った。

「――父さん」

傍《かたわ》らに立った吉野が身を屈《かが》めて小さく呼ぶと、弘《ひろし》はうっすらと目を開ける。

「貴弘か」

「うん。千冬も一緒《いっしょ》だよ」

「死に目には間に合ったわけか。おまえにしては感心だな」

「やだな、縁起《えんぎ》が悪いよ」

吉野は無理にでも笑おうとした。ただの気休めにすぎないとわかっていたが、父を安心させたかった。だが、頰《ほお》が強張《こわば》り、上手《うま》く笑えない。

もっとも、息子たちがどれほど死の匂《にお》いを糊塗《こと》しようとしたとしても、相手は医師として多くの患者を看取《みと》ってきた弘なのだ。彼にも、己の死期が近いことくらいわかっているだろう。

「佐々木さんも、すみません。こんなに遅くに」

父は佐々木の姿を認めて、気遣《きづか》うようにそう呟《つぶや》いた。

「いえ、俺が……顔を見たかったから」

「わざわざありがとうございます。いい料理人になってください」

思いがけずしっかりした声で言うと、父は吉野の顔を見て言った。

「おまえと二人きりで話をしたい。ほかの人には出ていってもらいなさい」

「いいけど……」

吉野は微《かす》かに頷《うなず》いて、佐々木と姉に部屋を出るように伝えた。

まるで夜の街のように、部屋は静かだった。

空を舞う蝶々《ちょうちょう》の羽ばたきでさえも聞こえるだろう、この静けさの内であれば。

「二人とも、出ていってもらったよ」

吉野はそう言って、久美子がさっきまで座《すわ》っていた椅子《いす》に腰かけ、父の耳元に顔を近づけた。

「——おまえに、頼《たの》みがある」

「何、父さん」

弘が布団《ふとん》の中から手を出してきたので、吉野はその手を摑《つか》む。

彼の指はこんなに細かっただろうか。

マリッジリングが緩《ゆる》くなっているのが、傍目《はため》にもわかる。

いつだって、父には、自分の先を歩く男としての手本でいてほしかった。それなのに、自分の前にいる弘は、こんなにも弱々しく頼りなげに見える。

病と衰えとはこんなにも残酷《ざんこく》なものなのか。

「この先、ずっと結婚しないつもりか？」

「法律が変わらない限りは。前、そう言わなかったっけ？」

こんなとき、自分には嘘《うそ》がつけないことを呪《のろ》いたくなる。しかし、最後の真実を求める者を安心させるための嘘ほど、酷《こく》なものはなかった。

吉野にももう、わかっていた。父は長くはないのだと。

「——だったら、病院を継《つ》ぎなさい」

「俺には会社がある。そんなことは、できないよ」

我ながら苦笑したくなるほどの残酷さで、吉野はそれを拒絶した。

「それがダメなら、彼とは……佐々木さんとは別れて、結婚しなさい」

「父さん」

「二人きりで生きていけると思っているのか？」

父親の声はひっそりとしている。

父さん、と吉野はもう一度言おうとした。だが声は喉《のど》の奥で引っかかったきり、奇妙な音になって出てきてはくれなかった。

「若い時分はいい。だが、子供を作ることもできないなんて、淋《さび》しすぎるだろう？」

「それでもいいんだ」

「いいと思えるのは、若いときだけだ」

自分の倍以上の年月を生きてきた相手は、教《おし》え諭《さと》すように優しかった。

「私が幸せだったのは、いい妻と可愛《かわい》い子供たちに恵まれたからだ。この世に二人きりで、おまえたちに何ができるというんだ」

弘は手を伸ばし、息子の頬《ほお》に触れる。脂気《あぶらけ》を失った父の指が頬をなぞる感触に、涙が溢《あふ》れそうだった。

「それでも、いい」

「――私に似て、頑固《がんこ》だな」

喉を震わせるように弱く父は笑い、笑ったあとでひとしきり咳《せ》き込《こ》んだ。

「とにかく、彼とつき合うなら病院を継《つ》ぎなさい。それがダメなら、佐々木さんとは別れるんだ。このことは、母さんにも話してある」

彼はそう言うと、自分のその考えが周到《しゅうとう》に練《ね》られたものであることを示した。

要するに、何も聞かなかったことにはできないというわけだ。

「そんな、今の俺にはどっちも無理だよ。病院を継ぐのなんて、医者のことは何も知らないんだから無理だ」

「経理でもなんでも、おまえにできる仕事はある」

「父さん、それは……」

「どちらかでいい。これでも譲歩《じょうほ》してるんだ。頼《たの》むから、安心させてくれ。おまえは私のたった一人の息子なんだ。どちらも選べないなら、うちとは縁を切ってもらう」

それ以上反論することはできずに、吉野は唇《くちびる》を噛《か》み締《し》めた。

吹けば飛ぶような小さな会社の社長で、恋人は同性。不安定な身分で社会的にはどうあっても祝福されようがないのでは、父もおちおち死ぬこともできないというわけか。

死に瀕《ひん》した人間に、自分はささやかな安らぎさえも与えられないのだ。

「――わかった。今は無理かもしれないけど、ちゃんと選ぶよ」

沈黙のあと、吉野はそう言いきる。それを聞いて、弘はほっとしたように表情を緩《ゆる》めた。

「そうか」

「けど俺は幸せなんだ。すごく」

この世界で祝福される恋でなくてもいい。

誰にも認められないかたちでかまわない。

どうして彼は、最後の最後までそれを拒もうとするのだろう……？

「人生の目的は、幸せになることじゃない。得た幸せを長続きさせることだ」

弘はそう言うと、「疲れたな」と呟《つぶや》いた。

「母さんを、頼《たの》む」

「わかった」

吉野が父の手を握り直す。父は微笑《ほほえ》み、そして目を閉じた。


吉野を待っている時間は、佐々木にはひどく気鬱《きうつ》なものだった。

この病院に吉野の父を見舞いに来たことはあったが、あのときはもっと気楽だった。こんなに深刻な事態では、なかったはずだ。

「お仕事のあとでいらしたなら、お疲れでしょう？　ごめんなさいね」

佐々木が憂鬱そうな顔で壁に寄りかかっていることを気遣《きづか》い、貴美子は椅子《いす》を譲ろうとする。だが、佐々木は首を振った。

「いえ、お二人とも疲れてるでしょうから」

吉野の母の貴美子も、そして長姉の久美子も疲労しきった様子だった。こんなとき、自分は彼らに対して何をすることも、できない。

自分は彼らの家族ではないから、与えられる役割は何もないのだ。

不意にそんなことを思い知らされ、胸がちぎれるように痛んだ。

佐々木が何か言おうかと顔を上げたそのとき、吉野が病室から姿を現す。佐々木が話しかけようとしたそのとき、まるで見計らったようなタイミングで主治医が現れ、彼らと何かを二言、三言話していった。

「じゃあ、今日のところは戻っても平気だと思うわ。もし何かあったら、電話するから」

「ありがとう、久美姉さん」

先ほど、病室から出てきた吉野はひどくおとなしかった。佐々木は彼のその態度に疑問を覚えたが、この場では何も言えない。いくら恋人だとはいえ、家族のプライベートに口出しすることも、憚《はばか》られた。

「じゃあ、千冬。帰ろうか」

「いいのか」

「うん。今、主治医の松本《まつもと》先生も、容態の急変はないだろうっておっしゃってたし。君は明日も仕事だろう？」

佐々木はこっくりと頷《うなず》くと、吉野の家族に一礼し、その場を立ち去った。

すでに空は白みかけており、夜明けが近いことを意味している。

病院の夜間通用口を抜けて駐車場に回ると、数台の自動車が停《と》めてあるのが見えた。

吉野はポケットから自動車のキーを出して、それを差し込もうとして失敗する。

「キーレスエントリーのほうがいいね、こういうときは」

冗談《じょうだん》めかしてそう言った彼は、車にもたれるようにして俯《うつむ》き、そして絶句した。

「――」

佐々木は何も言わずに、吉野の傍《かたわ》らに立つ。

そして、彼の背中にそっと手を置いた。

すると。

声もなくこちらを振り返った吉野が、俯いたまま佐々木の肩に顔を埋《うず》めた。

「……っ」

小さな小さな嗚咽《おえつ》が漏れ、彼が泣いているのだと知る。

初めてだった。

吉野が泣いているところを、自分は一度も見たことがない。吉野はいつも優しく笑っているばかりで、怒るところも悲しげに目を伏せるところも見たことがあるのに、佐々木の前で泣いたことはなかった。

近しい家族との断絶を感じ取り、もっとも愛《いと》しい人が泣いている。
その事態に直面しているというのに、何もできないことが焦《じ》れったかった。
彼が父とどんな会話をしたのか、それを知るほどに踏み込むことができない。
もどかしいほどに心は痛むが、自分には、ただ吉野を見守ることしか許されていない。
そうならば、吉野の気が済むまで、彼をこうして抱き締めていたかった。

# 12

スーパーマーケットでサラダのための食材を籠《かご》に入れていた吉野《よしの》は、不意に手を止める。糖度の高いトマトと、それからレタス。アスパラガス。茹《ゆ》でるのが少し面倒で、どうしようかとそこで迷う。

そう多くの食材を買っておく必要は、ない。どうせ佐々木《ささき》が休みになれば、何かしらまとめ買いしてくるからだ。それどころか、吉野が自分で勝手に食べるものを買ってくると、佐々木はひどく不機嫌になる。

会計を済ませて紙袋に買い物を入れると、吉野はそれを手にして店を出た。

夕日で染まった空が、目にしみる。

吉野と会話をしたのを最後に、父は昏睡《こんすい》状態に陥ってしまった。そのことが吉野には重苦しくつきまとっており、考えるのが辛《つら》くてならなかった。

選ばなくては、ならないのだろうか。

今の吉野には、会社を捨て去るという選択肢《せんたくし》はなかった。経営状態がいいとはお世辞《せじ》にも言えないが、それでも社員三人でなんとかやっていけるだけの収益はある。

できることならば、父の願いを聞き届けたい。死の床に伏した親の最後の望みを無下《むげ》に却下できるほど、吉野は冷酷《れいこく》な人間ではなかった。

だが、彼の突きつけた要求はあまりにも苛酷《かこく》なものだった。そんな命令は、聞けるはずがない。吉野がたとえどれほど家族を愛していたとしても、むごい相談だった。

だとすれば、結論は一つだ。

佐々木も会社も選ぶためには、吉野は自分自身を愛し育《はぐく》んでくれた家族を捨て去るという選択肢《せんたくし》しか残されてはいないのだ。

「……これしかないのか……？」

ささやかな声で吉野は呟《つぶや》き、首を振った。ほかにも選択肢が欲しかった。

なのにどうして、父はあえてこうも難しい二つのものを遺《のこ》そうとしたのだろう。

いや、もちろん吉野にもわかるのだ。

病院を継《つ》がせることで安定した生活を、結婚させることで社会的な体面を。

両方が無理ならば、せめてそのどちらかだけでも、父は吉野に与えようとしたのだ。

父としても、こんなに早く自分が倒れるとは思っていなかったのだろう。そうでなければこれほど残酷な命題を突きつけなくてもよかったはずだ。

選べるはずが、ない。決められるはずがなかった。

これほど佐々木を愛しているというのに、どうしてもう一度離れられるだろう。生木を裂くように二人を引《ひ》き剝《は》がすような真似《まね》だけはしてほしくなかった。

「あ、すいません」

帰りがけに佐々木は何気なく冷蔵庫を覗《のぞ》き、パティシエに声をかける。

「何か?」

「あの、このムース。余ってたら、もらえませんか?」

「いいですよ。どうせ捨てる予定だったし」

デザートワゴンのためのムースが、ほんの少しだけ余っていたのだ。佐々木はほっとして、それを持ち帰れるように包んだ。

こんなささやかなもので吉野の気が晴れるかはわからなかったが、美味《おい》しいと評判のエリタージュのデザートだ。何かしら、嬉《うれ》しいかもしれない。

「じゃ、お疲れさまでした」

佐々木はぺこりとパティシエに頭を下げると、帰り支度を始める。包んだムースを小ぶりのデイパックに慎重におさめ、従業員通用口から外に出た。

午前中、来るときは雨が降っていたのだが、今はすっかり晴れ上がっている。長い傘《かさ》が邪魔《じゃま》になってしまって、佐々木はそれを持て余しながら歩いた。

吉野の父が昏睡《こんすい》状態に陥ってから、すでに三日が経過している。

容態は安定しているが、意識が戻るかどうかはわからないのだという。

表向きは吉野も元気そうに振る舞っているが、その心の内までは佐々木には読み取れない。一緒《いっしょ》にいても塞《ふさ》ぎ込《こ》んだ顔をしていることがあったし、何よりも、佐々木の身体《からだ》を求めてこなくなった。

あのとき、父親に何を言われたのだろう。

「……よし」

今日こそ、吉野の悩みごとを聞き出してやろう。佐々木は小さく自分自身に喝《かつ》を入れて、地下鉄の表参道《おもてさんどう》駅からマンションまでの道を急いだ。

そろそろ、雨宮《あめみや》のビストロを手伝うかどうかを決めなくてはならない。そうはわかっていたのだが、吉野のことが心配でまともに考えている余裕もなかった。

疲れきった身体を引きずって、佐々木は玄関の鍵《かぎ》を開ける。扉を開いて「ただいま」と声をかけたが、返事はなかった。

灯《あかり》はついているから、吉野はいるはずなのに。

不審《ふしん》を覚えつつ、リビングへと向かう。

すると、ぼそぼそと話し声が聞こえてきた。立ち聞きをする趣味《しゅみ》などなかったが、佐々木はほぼ反射的に耳をそばだててしまう。

「……だから、父は選べって言うんだ。千冬《ちふゆ》を選んで会社を見捨てるか、会社を選んで千冬を捨てるか。こんなの、めちゃくちゃだ」

あの日。

吉野は父親とそんなことを話していたのか……。

「どっちもできないなら、家族を捨てろって言うんだ。そんなこと……」

すべてを捨てる覚悟をして始めた恋ではなかった。

だがその恋はあまりにも犠牲《ぎせい》が大きく、吉野と佐々木を巻き込んでいく。

吉野がどれほど愛されて育った子供か、佐々木にはよくわかった。彼の育ちのよさも屈《くっ》託《たく》のなさも、注がれてきた愛情の大きさを示している。

そんな彼が、家族から切り捨てられようとしている。

手に持っていたデイパックが、どしゃっと音を立てて床に落ちた。

「……待って」

電話をしていたはずの吉野が、訝《いぶか》しげな声をあげる。足音が聞こえてきたが、凍りついたようにその場から動けなかった。

ドアが、開く。

「千冬……」

彼は受話器を握り締めたまま、呆然《ぼうぜん》と戸口に立ち尽くす。

「千冬、今の話……聞いてたの……？」

「聞いた」

声が、掠《かす》れた。なんてみっともない。

だけど、言わなくては。言うべきことを。

「あ、あんたは、家族を捨てるべきじゃない」

言えた。

「俺のせいで、あんないい人たちと縁《えん》を切るなんて、よくない」

途切れ途切れで、佐々木は声を振《ふ》り絞《しぼ》った。

「それは違う」

「違わないっ」

一度捨てたものを拾い上げることはできない。自分たち二人の関係は粉々に砕《くだ》け散り、ここまで修復するのにどれほどの努力を要したことか。

それを思えばこそ。

吉野が家族に切り離されてしまったら、もう一度戻れるかわからないではないか。

「俺のことは、いいから……」

佐々木はそれだけを振り絞ると、きびすを返して走り出した。

スニーカーを突っかけて、螺旋階段《らせんかいだん》を駆け下りる。エントランスを抜けて、まっすぐに青山《あおやま》通りへと走り出した。

どこへどう行くというわけでもない。行く当てなんて、今さらどこにもない。

ただ、自分は吉野のそばにいてはいけないのだ。

彼からすべてを奪ってはいけない。

もういい、充分だ。自分はとても幸せだったじゃないか。

傷つきもしたけれど、一緒《いっしょ》にいられてどれほど嬉《うれ》しかったか。

愛される喜びも愛する苦しみも知り、自分の人生は恋を知ったことで彩《いろど》りを増した。

ただただ、今思えば幸せだったのだと思う。

吉野に会えて。彼に愛され、そして彼を愛することができて。

だから、大丈夫だ。

一度は離れようと決意した身ではないか。

「待って、千冬！」

青山通りまで出たところで、ようやく追いついてきた吉野が怒鳴《どな》る。終電前ということで人通りはまだあり、佐々木は彼らのあいだを縫《ぬ》うように走った。

「千冬！」

「千冬！」

無視をして通り過ぎようとしたのに、吉野は背後で声を張りあげた。何事かと、道行く人々がびくりと身を震わせたり、足を止める。

おまけに、息が切れて走り続けることが困難になり、佐々木は仕方なく歩を緩《ゆる》めた。

「愛してる」

彼の美しい声が明瞭《めいりよう》な発音で、その言葉を形作った。

それくらい、知ってる。知っていた。

「だから、結婚しよう……千冬」

——結婚……？

あまりの驚きに、声が出なかった。呼吸が浅くなる。

酔狂《すいきよう》な言葉に、佐々木は言葉を失いかけた。何を愚《おろ》かなことを口走っているのかと、怒りに声が震えた。

「…ふざけんなっ」

激しい怒りと苛立《いらだ》ちに駆られ、佐々木は思わずがばりと振り向いた。

背後には、吉野が立っていた。

息を切らし、汗《あせ》を拭《ぬぐ》うこともない。その雫《しずく》がかえって星の欠片《かけら》のように、彼の美貌《びぼう》を彩《いろど》っていた。

「本気なんだ。結婚しよう」

馬鹿《ばか》だ。吉野は馬鹿だ。

常識も何もかも捨て去って、佐々木を奪っていこうとする。

佐々木はいつも怖《こわ》くてそこから逃げ出そうとするのに、それもかまわずに。

「何、できもしないこと言ってんだよ」

かろうじてそんな言葉が音になって、佐々木の唇《くちびる》から落ちる。

「その気になれば、どうとだってなるよ」

吉野はそっと手を伸ばして、佐々木の身体《からだ》を包み込むように抱き留めた。

「家族なんていらない。全部捨てるから、明日から君が俺の家族になって」

世界でたった一人の家族でいい。

血が繋《つな》がらなくても。次の時代に何も残せなくても。

愛でしか繋がっていられなくても。

それでもいいから。

誰にも許されなくても望まれなくても認められなくても、愛があれば生きていける。

たった一人の愛さえあれば。

「——馬鹿だ……あんたは……」

そう言いながらも、涙が溢《あふ》れ出《だ》してきた。

吉野の胸に顔を埋《うず》め、佐々木は彼の胸を何度も叩《たた》いた。

「家族になって、千冬。一生、俺のそばにいて」

「……」

幸福のあまり、気が狂いそうだ。胸がいっぱいで、言葉が出てこなかった。

この男は、この世界で一番美しい男は、佐々木を選んだのだ。

すべてを捨てて、佐々木だけを選んだ。

一時の情に流された結果かもしれぬものだったが、それでもよかった。

この世で一番、自分は幸せだった。

吉野のせいで、このごろの自分はみっともないくらいに泣いてばかりだ。

ひっきりなしに通るタクシーや自家用車の排気ガスに曝《さら》されて、こんなところじゃロマンティックさの欠片《かけら》もない。

二人を避けるようにして人々が行き交う。

急に雑踏の気配を意識し、佐々木は赤面した。だが、吉野は佐々木を抱き締めるその腕の力を緩《ゆる》めるつもりはないようだった。

こんな大通りで堂々と告白できる吉野の愚《おろ》かさを詰《なじ》るつもりはない。

その真摯《しんし》さ、愚直《ぐちょく》さがあるから一緒《いっしょ》に生きていけるのだと思うから。

彼の胸に身体《からだ》を預け、佐々木は目を閉じる。

「永遠に君だけを愛してる……千冬。約束するよ」

吉野はそう囁《ささや》くと、佐々木の頬《ほお》に手を当てて、そっと上を向かせる。

「昔のことなんて、思い出さなくていい。明日からまた別の関係を作り直せる。何度だってやり直せるんだ」

やわらかく唇《くちびる》を吸われて、佐々木は眩暈《めまい》すら覚えた。

ここがどこなのか、自分たちが何をしているかも忘れそうだった。

地獄に堕《お》ちても、業火《ごうか》に灼《や》かれてもいい。

この先に待ち受ける日々が煉獄《れんごく》であっても、それでも耐えていける。

そう思えるほどまでに、幸福だった。

幸福は絶望と同じ形をしており、自分はいつか、憎悪《ぞうお》と悲嘆にまみれるかもしれない。

それでも生きていける。吉野と一緒《いっしょ》なら。

「二人だけで生きていこう」

佐々木のほっそりとした顎《あご》を包み込むように持ち上げた吉野が、再び唇を啄《ついば》む。

それだけでは我慢できなくて、佐々木はより深いキスを求めるために、彼の首に腕を回した。自ら舌を絡《から》め、佐々木は彼の蜜《みつ》と唇を夢中で貪《むさぼ》った。

誰に見られていてもかまわない。今日が最後の夜でもいい。

このキスに賭《か》けて、永遠の愛を約束するから。

斯《か》くも敬虔《けいけん》な感情によってこそ生まれるものが真の誓いなのであれば、仁科《にしな》に言わされたあの言葉など、戯《ざ》れ言《ごと》にすぎなかった。

「愛してる」

答えの代わりに佐々木は微《かす》かな声で囁《ささや》き、吉野の胸に顔を埋《うず》めた。

雑踏を意識すれば恥ずかしくなるけれど、こうして彼のあたたかな胸に抱かれていれば、そんなささいなことは忘れてしまえる。

間違いに気づくたびに、過《あやま》ちを知るたびに、何度でも関係を作り直せばいい。

愛情がある限りは、きっとやり直せる。諦《あきら》めなければ、続けていくことができる。

だから、これからずっと、二人だけの夢を紡《つむ》ごう。

永遠に終わることのない、甘くて切ない愛の夢を見よう。

結婚しよう 千冬《ちふゆ》!!
!!
結婚行進曲《ウエディング・マーチ》
あじみね朔生
パパパパー・・・
パパパパー・・・
♪

おめでとー
吉野《よしの》さん！
パ
ありがとう
睦《むつ》くん♡
おめでとー
千冬！
パ
……
これでやっと
僕も安心
できるよ
あー
やれやれ
睦くんには
いろいろと心配
かけたからねぇ
ホントにねー
ははは
はは
は
おい

あ
ウエディングケーキは藤井《ふじい》くんが作ってくれるって
それは楽しみだなぁ
………
オイ!
話を勝手に進めるなぁ
でねでねっ睦くん!
さっきウエディングドレスも届いたんだ♡
わー
吉野姉キーズ presents
(本人たちはイヤガラセのつもりだったのにね…)
やるときゃやるよね吉野さんてば
どげたっ
かんべんしてくれー
大丈夫だよ千冬
君の嫌《いや》がる事はさせないから安心して
もう充分されてる気が…
吉野さん…
このドレスは俺が着るから♪
なっ!?

ぱちっ
夢オチ!?
はあっ
はあっ
はあっ
でもありえるコイツなら!!
ちふゆ〜♥
むにゃむにゃ
そんなこんなで
結婚しよう千冬!
ウエディングドレスだけは着るなよ!
彼の論点は大幅にズレてしまったという…。
ザワ
ザワ
ザワ
END

# あとがき

こんにちは、和泉桂《いずみかつら》です。

相変わらず蒸し暑い日々が続きますが、皆様いかがお過ごしですか？

ついに、この〝キス〟シリーズも第10巻！

とうとうここまできたのかと、作者としても感無量です。おまけに気づくとシリーズも5年目に突入し、キャラクターたちともずいぶん長いつき合いになってきました。

こうしてこの話を書き続けられるのも、皆様の応援があってのことです。本当にありがとうございます。

『キスが届かない』の発売日に、某書店の柱の陰で息を潜めて売れ行きを見守っていたことは、今でも忘れられません。その日は残念ながら買ってくださった方を目撃できなかったのですが、自分の行動の怪しさもあって、二重の意味で緊張しました（笑）。あのときのことを思い出すと、今でもドキドキします。

ところで、今回は以前からどうしても吉野《よしの》に言わせたかった台詞《せりふ》をここでようやく言わせることができ、なんとなく肩の荷が下りた気分になっています。どの台詞かは、きっと皆様も見当がついているのではないかと……。

それにしても、相変わらず飛ばしまくっている吉野ですが、最近は佐々木《ささき》も負けていない気がします。あとは二人をひたすらに甘いラブラブ新婚生活に突入させてあげることができれば、思い残すことはないのですが……（笑）。

返信は絶望的に遅いのですが、ご意見・ご感想のお手紙を切にお待ちしております。

80円切手＋返信用封筒をご同封くださった方には、ペーパーとお返事をお送りする予定です。早くお返事を書かなくちゃと焦《あせ》っているのですが、目前のことを一つ一つ片付けるのに必死で、遅れまくっております。本当に申し訳ありません。

なお、今後の執筆予定は、ホームページをご覧になっていただくのが、一番早いと思います。

http：//home.att.ne.jp/gold/kat/

このあたりで、近況報告です。

5月に『欲張りなブレス』発売を記念して、ブックストア談　京都店様で、サイン会を企画していただきました。こういうかたちで皆様にお目にかかるのは初めてだったので、お話をできて楽しかったです。いらしてくださった皆様、どうもありがとうございました。

6月には、今作の著者校正を携《たずさ》えてスイスアルプスとパリ方面に行きました。お天気もよくてとても楽しかったのですが、残念だったのは、去年足しげく通ったビストロの味がだいぶ変わってしまったこと。その代わり、ホテルの近くで地元の人たち御用達《ごようたし》みたいなビストロを発見。そうでなくとも拙《つたな》い英語がますます通じずに苦労しましたが、陽気でイタリア人のような店長はとても親しみやすく、料理も安くて美味《おい》しかったです。またパリに行きたいなあ、と思っています。

最後に、恒例のお礼コーナーです。

毎回キャラクターに命を吹き込んでくださる、あじみね朔生《さくふ》様。今回は10冊記念ということで、吉野と佐々木の姿を挿絵《さしえ》だけでなく漫画《まんが》でも見ることができて、とても幸せです。今作のご感想を聞かせていただいたときは、嬉《うれ》しさのあまりガッツポーズを作りました（笑）。まだまだお世話になりますが、どうかよろしくお願いいたします。

編集部の佐々木様、校閲部および印刷所の皆様。こうしてこの本を形にできるのも、皆様のお力があってのことです。特に佐々木さんにはプレゼント企画までしていただいたのに、恩を仇《あだ》で返すような多大なご迷惑《めいわく》をおかけしてしまい、反省しています。

そして、相変わらずダメ人間の私を叱咤《しった》激励《げきれい》してくれるお友達と家族の皆、それから同じように私の支えになってくださっている読者の皆様にも、心より御礼を申し上げます。

次作は『恋愛クロニクル』で脇《わき》を固めてくれた、圭太《けいた》と桐島《きりしま》のお話になる予定です。

またどこかでお目にかかりますように。

和泉《いずみ》　桂《かつら》

祝
キス・シリーズ10♡作目!!
夏のあこがれ
『フロ上がりの一杯』
残念ながらビールを美味しいと感じないので永遠のあこがれデイス。
桂さんサービス♥
とゆーコトで、記念マンガを描かせて頂いたんですが
かえってアダになっちゃいました。スンマヘン…♡
やっぱり男は少しくらい強引な方がいいですね♥
とうとうしちゃいましたよプロ●ーズ!!
毎回思いますがこの後どーなってくのか…。にしてもこのシリーズでの仁科はヤなヤツです(笑)その内後ろから刺されそう…。ちーちゃん、くれぐれも早まらないでね。
(シャレなんない)
一日も早く、ふたりに平穏が訪れますよーに! そして桂さんがイイ感じに●《ピ》ー●《ピ》ー書いてくれますよーに♥(←は?)
2001/07/09/あじみね朔生

和泉　桂先生の『約束のキス』、いかがでしたか？
和泉　桂先生、イラストのあじみね朔生先生への、みなさんのお便りをお待ちしております。
和泉　桂先生へのファンレターのあて先
〒112-8001　東京都文京区音羽2-12-21　講談社　X文庫「和泉　桂先生」係
あじみね朔生先生へのファンレターのあて先
〒112-8001　東京都文京区音羽2-12-21　講談社　X文庫「あじみね朔生先生」係

N.D.C.913　284p　15cm

**和泉 桂（いずみ・かつら）**

**講談社X文庫**

12月24日生まれのやぎ座、A型。横浜在住。
ミステリと日本酒をこよなく愛し、常にパソコンと生活を共にしているが、最近はプレイステーションに浮気中。増えていくソフトと攻略本に頭を痛めているところ。
尊敬する人は西園寺公望。作家は浅田次郎、京極夏彦、高村薫、森博嗣。
作品に『微熱のカタチ』『吐息のジレンマ』『束縛のルール』『欲張りなブレス』『恋愛クロニクル』、〝キス〟シリーズがある。

white heart

約束《やくそく》のキス

和泉《いずみ》 桂《かつら》

●

2001年8月5日　第1刷発行

定価はカバーに表示してあります。

発行者――野間佐和子
発行所――株式会社 講談社
東京都文京区音羽2-12-21 〒112-8001
電話 編集部 03-5395-3507
販売部 03-5395-3626
業務部 03-5395-3615
本文印刷―豊国印刷株式会社
製本――有限会社中澤製本所
カバー印刷―半七写真印刷工業株式会社
デザイン―山口　馨


落丁本・乱丁本は、小社書籍業務部あてにお送りください。送料小社負担にてお取り替えします。なお、この本についてのお問い合わせは文庫局X文庫出版部あてにお願いいたします。

ISBN4-06-255568-9　（X庫）

# 第10回
# ホワイトハート大賞
# 募集中!

新しい作家が新しい物語を生み出している
活力あふれるシリーズ
大賞受賞作は
ホワイトハートの一冊として出版します
あなたの作品をお待ちしています

〈賞〉

大賞
賞状ならびに副賞100万円
および、応募原稿出版の際の印税

佳作
賞状ならびに副賞50万円
（賞金は税込みです）

〈選考委員〉
川又千秋
ひかわ玲子
夢枕獏
（アイウエオ順）

左から川又先生、ひかわ先生、夢枕先生

## 〈応募の方法〉

○資　格　プロ・アマを問いません。

○内　容　ホワイトハートの読者を対象とした小説で、未発表のもの。

○枚　数　400字詰め原稿用紙で250枚以上、300枚以内。たて書きのこと。ワープロ原稿は、20字×20行、無地用紙に印字。

○締め切り　2002年5月31日（当日消印有効）

○発　表　2002年12月25日発売予定のX文庫ホワイトハート1月新刊全冊ほか。

○あて先　〒112-8001　東京都文京区音羽2-12-21　講談社X文庫出版部
ホワイトハート大賞係

○なお、本文とは別に、原稿の1枚めにタイトル、住所、氏名、ペンネーム、年齢、職業（在校名、筆歴など）、電話番号を明記し、2枚め以降に400字詰め原稿用紙で3枚以内のあらすじをつけてください。

原稿は、かならず、通しのナンバーを入れ、右上をとじるようにお願いいたします。

また、二作以上応募する場合は、一作ずつ別の封筒に入れてお送りください。

○応募作品は、返却いたしませんので、必要なかたは、コピーをとってからご応募ねがいます。選考についての問い合わせには、応じられません。

○入選作の出版権、映像化権、その他いっさいの権利は、小社が優先権を持ちます。